Ça va trinquer !

Ça va trinquer !

Le gang des commères au foulard T2

THOMAS STIPSITS

Traduit de l'allemand
par Sophie Taam

City
Roman

Retrouvez tous les titres City Editions :

www.city-editions.com

Publié pour la première fois en Autriche sous le titre
Uhudler-Verschwörung: Ein Stinatz-Krimi [Title #2], par Carl Ueberreuter Verlag GmbH.
Traduction française publiée en accord avec Günter Berg Literary Agency
and Editio Dialog Literary Agency.
Illustration de couverture : Sébastien English
ISBN : 978-2-8246-2758-8
Code Hachette : 30 5343 0
Collection dirigée par Christian English & Frédéric Thibaud
Catalogues et manuscrits : city-editions.com

Dépôt légal : Octobre 2024

À Lieselotte.

1

Un homme mort ressemble à un dormeur. C'est étonnant à quelle vitesse une vie peut être effacée.

Je repense à mon enfance. J'adorais attraper des bulles de savon et les crever. Cela me procurait une grande joie de raccourcir leur existence déjà brève. Je décidais si elles voleraient ou s'écrabouilleraient. Cela dépendait de mon pouvoir. Si l'une m'échappait, les suivantes devaient payer pour elle. Lorsque ma colère à l'égard des miraculées devenait ingérable, je renversais carrément le petit tube en plastique et éparpillais son contenu sur le pré. Le liquide savonneux s'enfonçait immédiatement dans le sol sec. Définitif. Quelques minutes plus tard, la tache humide sur la terre avait également disparu. Mon acte avait été effacé.

Je regarde le cadavre étendu devant moi. Cette vision possède un aspect presque réconciliant, purifiant. Tu t'enfonceras dans la terre et deviendras poussière.

Les humains sont si niais, parfois ! Nous fermons les yeux pour ne pas être vus, et accusons la mer si nous ne savons pas nager.

J'ai pensé à tout. Ne commence jamais une discussion si tu ne maîtrises pas tous les arguments. Ne commets jamais un meurtre si tu ne l'as pas parfaitement préparé. Je soulève le corps sans vie. Cela me demande énormément d'efforts, mais dans des occasions particulières, on peut puiser dans ses réserves.

Lorsque l'enveloppe terrestre s'affaisse, elle gît sur le sol dans une position hideuse. Je reste là pendant un bon moment.

Ma victime a mérité sa mort, elle devait expier des choses qu'elle avait faites. Ne vous méprenez pas : je n'ai pas éteint la flamme d'autrui pour que la mienne puisse perdurer. Absolument pas. J'ai fait ce qu'il fallait faire.

Percer les humains à jour est très facile. Mais hélas, ça n'a mené à rien. Juste une bulle de savon crevée. Le cerveau humain est si souvent disséqué et découpé. Mais la vérité, la voici, tellement pathétique : ce n'est que de la masse cellulaire.

Alentour, tout est calme. Bien qu'il pleuve dehors, il règne ici, à l'intérieur, un silence religieux. Je dois m'en aller. Le corps inanimé va connaître encore quelques aventures. D'abord, il sera découvert, ensuite il y aura une grande agitation et des pleurs. Après quoi, tout s'effacera. Comme si rien ne s'était produit. Les faits passés sous silence restent cachés. Ma conscience en est bien aise ! Ils ne chercheront pas longtemps. Pour quoi faire, de toute façon ? Ils se tiendront devant le cadavre. Impuissants. Ils parleront de coup du sort et d'accident. Leur compassion simulée se lira sur leurs visages mensongers. Ça empestera la province à plein nez.

Quels personnages pitoyables, dont l'horizon s'arrête à la limite de leur jardin ! Ils se vautrent dans leur familiarité, se rassemblent à chaque occasion, même la plus invraisemblable, pour discuter des soi-disant problèmes de ce monde. Ils se disent chrétiens. Comme les bouleaux… Lorsque vient la tempête, ils sont déracinés. Moi, en revanche, je suis comme le roseau. Lorsque vient la tempête, je plie. Je me relève à peine que l'heure de la revanche a déjà sonné. La vendetta a besoin de deux choses : du courage et de la patience.

Je l'admets, j'ai prié brièvement. Un petit *Notre Père*. Ensuite, j'ai tué la truie.

Un homme mort ressemble à un dormeur. Du moment qu'il n'y a pas de blessure visible. Avant de quitter la cave, j'éteins le ventilateur à gaz viticole.

On croira que c'était un accident.

2

Dans l'agence de banque Raika de Stinatz, Christian Zimmermann discutait avec une vieille dame. Il dirigeait la filiale depuis quelques années et était très apprécié dans le coin. Il faut aimer les gens quand on veut leur argent. Il l'avait très vite compris. On trouvait à Stinatz énormément de personnes dont les caves regorgeaient d'outils sophistiqués et qui, durant la Journée mondiale de l'épargne, s'accrochaient à leur tournevis. La Journée mondiale de l'épargne représentait à Stinatz une manifestation sociale aussi importante qu'un mariage ou l'inauguration d'une nouvelle toiture dans une petite chapelle à Dorfrand. Christian en était parfaitement conscient.

Aujourd'hui, il était aux prises avec un cas plutôt difficile. La vieille Mme Resetarits refusait catégoriquement de comprendre pourquoi son épargne ne lui rapportait pas davantage d'intérêts.

— Vous savez, madame Resetarits, nous avons subi une crise économique..., tenta d'avancer Zimmermann, mais il ne put poursuivre.

— En quoi ça me concerne, la crise ? râla Mme Resetarits. J'ai déjà surmonté des crises alors que cette banque n'existait même pas. Voilà que maint'nant, les banques s'en mêlent. C'est nous qu'avons construit ces terres. Sans cotte PIP ou je sais plus comment ça s'appelle. C'est quand même pas possible que mon argent se ratatine sur mon compte comme un jambonneau mal ventilé.

Zimmermann réprima un sourire, car évidemment, Mme Resetarits n'avait pas besoin de code PIN, vu qu'elle n'utilisait pas l'interface bancaire en ligne. Il s'efforçait, malgré son irritation, de rester aimable.

— Madame Resetarits, je comprends bien votre colère, mais les temps ont changé. Si vous voulez vraiment gagner davantage d'intérêts, je peux uniquement vous conseiller d'investir votre argent.

Le mot « investir » déclencha un nouvel accès de rage chez Mme Resetarits. Elle reposa le stylo à bille à l'effigie de la petite abeille d'épargne Sumsi si violemment sur son socle que la chaînette en tirebouchon continua à osciller pendant quelques secondes.

— Alors, excuse-moi, hein ! *(Mme Resetarits s'obstinait à le tutoyer).* À mon âge, ça servirait à quoi, exactement, que j'investisse ? J'en verrai jamais la couleur. Ça fait belle lurette que j'ai mis l'argent de mon enterrement de côté.

Zimmermann utilisa une courte pause pendant que la vieille dame reprenait son souffle pour amener un argument convaincant sur le tapis.

— Mais pour vos enfants, madame Resetarits.

— Pour ceux-là ? lança Mme Resetarits en le regardant droit dans les yeux. J'ai trimé toute ma vie et je devrais leur filer mes économies comme ça du jour au lendemain ? On m'a jamais fait de cadeau, à moi. Ils devront se débrouiller tout seuls pour gagner de l'argent. Surtout les petits-enfants. Ceux-là, ils sont seulement gentils quand je suis à l'hosto.

— Avez-vous déjà songé aux titres papiers-valeurs ? Ils sont bloqués pendant cinq ans et ensuite, rapportent des intérêts avantageux. Sans prendre trop de risques.

Mme Resetarits secoua la tête.

— Dis-moi, Christian, tu serais pas un peu bêta aujourd'hui, ou quoi ? Qu'est-ce que je pourrais fiche de papiers-valeurs ? Tu sais pourquoi on les appelle papiers-valeurs ? Parce qu'un jour, ils valent plus rien. Je suis pas aussi stupide que j'en ai l'air. Je tomberai pas dans le panneau.

Mme Resetarits aperçut une coupelle avec des friandises Raika.

— Puis-je prendre un bonbon ? s'enquit-elle sans dévier son regard de Zimmermann.

Il acquiesça aimablement. Elle en saisit trois. Après quoi, elle se retourna et désigna un présentoir en carton arborant le skieur olympique Hermann Maier, qui accueillait les clients de la filiale les deux pouces levés.

— Et lui non plus, il reçoit pas d'intérêts sur son livret d'épargne ?

Zimmermann s'apprêtait à répondre quand Mme Resetarits fut prise d'une crise de logorrhée.

— Quand celui-là, il entre ici, il reçoit à tous les coups 8 %. Comme avec une bière bock. Mais nous, les petits épargnants, nous devons nous contenter d'une *Null Komma Josef* sans alcool.

Zimmermann jeta l'éponge. Il considérait qu'il avait tout essayé pour convaincre la vieille dame. Il orienta la conversation vers son issue.

— Madame Resetarits, pour l'instant, je ne peux hélas vraiment rien faire de plus, dit-il.

Puis il saisit un classeur qui était posé à côté de lui sur le comptoir.

— Je vous donne ces documents, lisez-les tranquillement chez vous et revenez me voir lundi, nous trouverons une solution acceptable pour vous.

Il tendit la pochette à la vieille dame.

Elle la prit à contrecœur. Après l'avoir feuilletée rapidement, elle leva les deux mains vers le ciel, comme si elle appelait le Tout-Puissant à son secours.

— C'est quoi, ce truc ? J'ai encore besoin d'un professeur pour me traduire ce bidule. Le temps que je comprenne tout ça, je serai déjà enterrée depuis belle lurette.

Zimmermann jeta de nouveau un coup d'œil à sa montre. Presque vingt minutes de retard. C'était très inhabituel pour son client suivant. Il était vraiment temps de la faire déguerpir.

—Madame Resetarits, soyez assurée que votre argent est chez nous entre d'excellentes mains. Maintenant, je vous prie de m'excuser, mais il y a d'autres clients qui ont également besoin de mes services.

Mme Resetarits accueillit cette phrase comme une provocation.

—Je leur dirai qu'ils obtiendront que dalle. Dans un an, vot'banque pourrait bien avoir coulé.

—C'est comme vous voulez, madame Resetarits. Je vous souhaite une bonne journée, répliqua aimablement Zimmermann.

Avant de quitter la filiale, la vieille dame plongea encore la main dans la coupelle de friandises.

—Pour les petits-enfants, balança-t-elle à Zimmermann dans son dos avant de disparaître.

Le directeur de la filiale Raika de Stinatz regarda de nouveau l'heure, saisit son téléphone portable et composa un numéro. La messagerie vocale de son client se déclencha immédiatement. Quoique conscient de l'absurdité de son geste, il réessaya de l'appeler. Rien. Puis il tenta un autre numéro.

— Non. Il n’est pas à la maison, répondit Bettina Stipsits au téléphone.

— Il avait rendez-vous avec moi à 9 h 30, déclara Zimmermann.

— Oui, je suis au courant.

Bettina Stipsits était en train de se préparer un café.

— Il s’est rendu à la cave hier soir et a dit qu’il y passerait la nuit.

— Son téléphone portable est malheureusement éteint, précisa Zimmermann.

Bettina Stipsits réagit calmement. Cela arrivait souvent que son père conduise jusqu’à la cave, y boive, pour être précis, y boive trop, puis passe la nuit dans la petite chambre au-dessus.

— Il n’a sans doute pas entendu le réveil, le rassura Stipsits.

— Sans doute, répliqua Zimmermann.

Cependant, il était sceptique. Jusqu’alors, Alois Stipsits n’avait jamais manqué un rendez-vous à la banque. Du moins depuis que Zimmermann en était le directeur.

— Je vais y aller et le réveiller, ajouta Bettina. Il doit te contacter après, c’est ça ?

— Oui, merci. Il peut venir n’importe quand. Je suis toute la journée à l’agence.

Ils conclurent l’appel téléphonique sur ces mots.

*

Ça va trinquer !

Lorsque Bettina Stipsits arriva devant la cave à vin au toit de chaume, tout avait l'air normal. La grosse Audi était garée à sa place habituelle. Le soleil en train de se lever baignait la maison d'une lumière paisible. Les couleurs automnales commençaient lentement à poindre. Le champ était encore légèrement humide et de la rosée scintillait sur l'herbe.

— Papa ! appela Bettina. Papa !

Elle gravit l'escalier extérieur vers le premier étage où se trouvait la petite chambre. Elle était fermée à clef. Comme personne ne réagissait après qu'elle eut frappé à plusieurs reprises, Bettina redescendit. Elle ouvrit la vieille porte en bois donnant sur la salle voûtée et avança de quelques pas. Elle vit enfin son père.

— Papa ! … Papa ?

Papa ne répondit pas.

3

Le commissaire général Sifkovits de la LKA d’Eisenstadt, l’office régional de police criminelle, roulait au volant de sa Peugeot 206 verte entre Burgauberg et Stinatz, deux villages du Burgenland, le Land le plus oriental d'Autriche. Les deux endroits n’étaient pas très éloignés l’un de l’autre et Sifkovits décida de prendre l’itinéraire passant par Hackerberg. Il était certes un peu plus long, mais beaucoup plus joli, car il passait devant quelques petits vignobles et chais de Burgauberg. On avait une vue magnifique sur le paysage vallonné luxuriant qui, dans la lumière automnale, paraissait encore plus pittoresque. La petite route longeait un haras équestre, derrière lequel on distinguait le terrain de golf de Stegersbach. Après un virage sur la gauche, où se dressait une vieille ferme avec d’innombrables engins agricoles, les thermes de Stegersbach s’étendaient dans toute leur splendeur. Le Burgenland du

Sud se montrait vraiment sous son meilleur jour pour l'occasion.

Sifkovits effectuait une courte visite à Stinatz. Actuellement, il n'y avait pas grand-chose à faire dans le service des affaires criminelles d'Eisenstadt et son épouse, qui était docteur, était de nouveau partie en mission au Kenya avec Médecins sans frontières. Il venait d'acheter quelques bouteilles de Uhudler[1] au domaine viticole Priela. En grande partie pour sa mère, qui était assise à côté de lui sur le siège du passager. Pour lui, il avait pris une bouteille de liqueur. Sifkovits buvait très rarement de l'alcool, et quand il le faisait, il désirait le déguster. La liqueur Uhudler lui paraissait la bonne option.

Priela constituait l'un des deux domaines viticoles produisant du Uhudler en grande quantité à Burgauberg ; l'autre était Stipsits. Jadis, les deux viticulteurs avaient travaillé ensemble. Mais lorsque le jeune Priela avait repris l'affaire à la mort de son père, le partenariat d'autrefois s'était transformé en rivalité. La mère de Sifkovits, Baba, préférait acheter son vin chez Priela. Elle trouvait le Uhudler de Stipsits trop âpre.

Évidemment, il y aurait matière à redire sur la qualité du vin Uhudler. Certains l'adorent, d'autres le détestent. Dans le Burgenland du Sud, le Uhudler possède une place centrale au sein de la société.

1. Vin rustique typique du Burgenland.

« Pas besoin de marijuana, nous avons le Uhudler ! » est une plaisanterie qui revient souvent. Certes, le dicton selon lequel après une bouteille de Uhudler, on est heureux, après la deuxième, aveugle, et après la troisième, de nouveau heureux, n'a jamais été attesté. Cependant, le Uhudler figure rarement sur la liste des dix meilleurs vins du monde.

Le jeune Markus Priela s'efforçait depuis longtemps de revaloriser l'image du Uhudler. Il ne se contentait pas de proposer du vin rosé pétillant et de la liqueur du cépage Isabella, mais également du *frizzante*, du sirop, de la confiture, du savon, du chocolat, du vinaigre, de l'hydromel et même une crème pour le visage. « Il te suffit d'appliquer cette crème sur le visage et tes rides auront disparu au bout d'une heure. Car tu auras une telle éruption cutanée que tu ne les verras plus. » En quelque sorte le *space cookie* de l'industrie viticole… présenté avec un clin d'œil.

Au cours des dernières années, Markus Priela avait largement devancé son concurrent Alois Stipsits dans le domaine du marketing et des ventes. Alois Stipsits menait son affaire et produisait encore comme autrefois, et le temps l'avait rattrapé. Âgé de soixante-huit ans, Stipsits n'avait pas envie de suivre toutes les modes. « Le vin, ça se boit, point barre. » Telle était son opinion. Alois Stipsits avait jadis collaboré avec le père de Markus. Ils se partageaient l'unique chai de Burgauberg. Cet établissement constituait en outre la plus ancienne bâtisse au toit de chaume dans tout le Burgenland du Sud. Cela représentait, pour une ville aussi modeste que Burgauberg, une attraction touristique.

Après la mort du père Priela, la cave était revenue à Alois Stipsits. Ce que, jusqu'à aujourd'hui, le fils Priela n'avait pas digéré.

Stipsits produisait du Uhudler dans de vieux fûts comme jadis. C'était impossible d'obtenir le même Uhudler avec un processus de fermentation moderne. Il manquait ce petit quelque chose. Comme ces vieilles casseroles dans lesquelles on cuit les meilleurs rôtis, car elles se sont imprégnées des arômes au fil des ans. Quand on veut offrir à un rôti des vacances *all inclusive*, il suffit de le mettre dans ce genre de récipient puis de l'enfourner. C'est ainsi qu'on obtient les rôtis les plus délicieux. Les casseroles neuves ne produiront jamais une saveur si intense. Il en va de même pour d'autres objets « classiques ». Un vieux bahut rustique du XVIIIe siècle attirera toujours le regard. Même en 2070. On est en droit de douter que ce soit le cas pour un meuble provenant d'un certain magasin suédois.

*

Tandis que la voiture de Sifkovits montait une petite butte, sa mère aperçut sur la droite une voiture de police. Une fois qu'on était arrivé en haut, s'étendait une vue imprenable à trois cent soixante degrés sur le paysage et la vieille cave à vin. À côté de la police, il y avait également les pompiers et le Samu. Ils étaient garés directement devant la maison au toit de chaume.

— Regarde, Spatzl ! Que se passe-t-il chez le Stipsits ? s'exclama Baba, curieuse.

Sifkovits avait également remarqué les véhicules de secours.

— Arrête-toi là. J'aimerais voir ce qui s'y passe.

Sifkovits perçut la remarque de sa mère comme un ordre. Il obtempéra car la curiosité s'était également éveillée en lui. Sa petite Peugeot bifurqua vers la droite dans la voie d'accès qui menait à la cave. La voiture fut rapidement stoppée par un homme en uniforme. Avec des grincements peu discrets, le véhicule s'immobilisa.

— L'accès est coupé ici. Veuillez faire demi-tour, je vous prie, dit l'agent aimablement, mais fermement.

— Que s'est-il passé ? s'enquit Baba.

— À ma connaissance, cela ne vous regarde pas !

L'agent ne faisait pas mystère que les deux occupants de la Peugeot n'étaient pas les bienvenus ici.

— Mais dis quelque chose ! ordonna Baba à son fils.

— Oui, tout de suite.

Sifkovits s'adressa à l'agent.

— Vous avez raison. Cela ne nous concerne pas, mais cela concerne peut-être la police.

— En fait, mon fils est l'un de vos collègues. Mais il ne porte jamais l'uniforme, précisa Baba avec un grand sourire légèrement espiègle.

L'agent détailla l'homme derrière le volant. Sifkovits, comme à son habitude, était vêtu de son pantalon décontracté ocre, sa casquette gavroche de la même couleur, sa chemise blanche et sa veste en laine grise. Il était quelque peu ébouriffé et n'avait pas l'air très sérieux.

— Puis-je voir votre carte de police ? s'enquit l'agent.

— Bien sûr.

Sifkovits farfouilla dans sa sacoche. Il décocha à l'agent un sourire falot pour le faire patienter encore un peu.

— C'est pour aujourd'hui ou c'est pour demain ?

Le policier commençait à se lasser.

— Ça vient. Elle doit bien être quelque part.

— Tu l'as peut-être oubliée à la maison ? suggéra sa mère avant de se retourner vers le policier. Si je n'étais pas là, il oublierait même sa tête. Il y a deux ans, il voulait prendre l'avion pour aller en Grèce. Si je n'avais pas mis de l'ordre dans ses affaires, il serait encore en train d'attendre à l'aéroport. Sans passeport. Sa femme n'a pas le temps de s'occuper de lui.

Sifkovits coupa sa mère.

— Maman, je ne crois pas que cela intéresse monsieur.

L'expression sur le visage de l'agent confirma l'hypothèse de Sifkovits.

— Je vous prie de faire demi-tour. Sans quoi, je devrai vous verbaliser.

Sifkovits sut qu'il n'avait plus beaucoup de temps. Il ouvrit la boîte à gants dont le couvercle se défit de l'encoche dans un craquement sonore. Une masse de sachets de tisane à l'herbe à fromages tombèrent aux pieds de sa mère.

— Elle est là ! s'écria sa mère en brandissant la carte d'un air triomphant.

L'agent jeta un coup d'œil sur le document à la plastification souillée.

— Vous pourriez refaire faire la plastification, monsieur le commissaire général.

— Je sais. Je m'en occuperai dès lundi, l'assura Sifkovits.

— Et vos plaquettes de frein semblent très fatiguées.

L'agent remarqua également les dégâts causés par la grêle sur le capot de la Peugeot.

— Z'avez oublié de rentrer la voiture hier ? Il y a eu un violent orage de grêle. Votre capot est complètement moucheté.

— Oui, j'ai oublié, mais franchement, qu'est-ce que ça peut bien foutre ? demanda le commissaire général.

Pour la première fois, l'agent esquissa un sourire. Sifkovits s'engouffra immédiatement dans la brèche.

— Puis-je jeter un coup d'œil ?

— Bien sûr, faites donc. Avancez-vous.

Le policier accompagna Sifkovits jusqu'à la cave. Sa mère resta dans la voiture en protestant bruyamment.

*

Alois Stipsits gisait sur un brancard devant sa cave, sur le point d'être recouvert d'un drap blanc. Sifkovits distingua, parmi les nombreux membres des équipes de secours, un visage familier : le médecin de la commune, Maria Wiedermann, une femme mince à la fin de la quarantaine, qui discutait avec un pompier.

— Bonjour Maria, la salua-t-il avec joie.

— Salut, Schiffi. Qu'est-ce que tu fais ici ? s'enquit la femme médecin.

— J'étais justement dans le coin avec ma mère. Que s'est-il passé ? demanda-t-il.

— Un accident. Le vieux Stipsits a oublié d'activer le ventilateur viticole. Les gaz de fermentation lui ont fait perdre connaissance, puis ont conduit à l'arrêt cardiaque.

Wiedermann haussa les épaules comme pour signifier que cela arrive à tout le monde de faire une erreur.

— Oh, c'est horrible. Et tu es certaine que c'est ça ? insista Sifkovits.

— Oui. Il a une blessure à la tête provoquée par sa chute quand il a perdu connaissance. Malheureusement, ce n'est pas la première fois que ce genre d'accident se produit dans les parages. Rappelle-toi Udo. C'est bien le problème avec ces vieilles caves. Elles sont peut-être romantiques, mais tu as en permanence un pied dans la tombe. Une petite erreur… et tu es hors jeu. Stipsits avait déjà des problèmes cardiaques, de toute façon. Deux pontages et un infarctus du myocarde il y a trois ans. Avec de tels antécédents, on ne devrait pas s'exposer à des émissions de CO_2. Un décès prévisible. Hélas.

Sifkovits aimait bien le pragmatisme de Maria, qui était toujours agrémenté d'un soupçon de compassion.

— Que vas-tu écrire sur le certificat de décès ? s'enquit Sifkovits.

— Insuffisance cardio-vasculaire. Tout ce qu'il y a de plus classique.

Sifkovits hocha la tête. Il admirait les petits médecins de campagne. Malheureusement, ils étaient de moins en moins nombreux et devaient couvrir des territoires de plus en plus grands. Cela laissait peu de temps pour des recherches approfondies ou des diagnostics précis. Par conséquent, il arrivait fréquemment que les décès soient expédiés de la sorte.

« Défaillance de multiples organes », inscrivait donc Maria pour les personnes âgées sur leur certificat de décès. Les vieillards se couchaient et ne se levaient plus le lendemain matin.

Sifkovits aperçut derrière, en retrait, deux femmes en train de pleurer. Elles étaient d'âges différents et s'efforçaient de répondre aux questions d'un agent en uniforme.

— Ce sont la veuve et la fille de la victime, expliqua Maria au commissaire. C'est la fille qui a découvert son père aujourd'hui en fin de matinée.

Sifkovits dodelina de la tête d'un air compréhensif.

— Puis-je examiner rapidement le défunt ? demanda-t-il à Maria.

Celle-ci acquiesça et retira le drap blanc.

Alois Stipsits était un petit homme corpulent au visage agréable. Avec un peu d'imagination, il pouvait rappeler Winnie l'ourson. Il portait un jean bleu avec une ceinture en cuir marron, une chemise à carreaux, un imperméable bleu et des bottes de pluie en caoutchouc vertes. De la terre était collée aux semelles de ses chaussures. Sifkovits observa la blessure à la tête, provoquée par la chute. Alois Stipsits avait l'air de dormir.

— Merci, Maria, dit le commissaire au médecin de la commune.

On recouvrit Stipsits. Sous peu arriveraient les employés des pompes funèbres pour emporter le cadavre. Docteur Wiedermann s'adressa à Sifkovits.

— Hé, Schiffi, tu restes encore un peu dans le Burgenland du Sud ?

— Non. Je dois repartir demain à Eisenstadt. Je suis venu aider ma mère à couper du bois pour l'hiver. Elle en avait déjà assez, mais comme ça, elle est tranquillisée et ne m'appellera pas tous les jours, répondit le commissaire.

— Dommage, déplora Wiedermann. Dans ce décès, il n'y a malheureusement rien à faire pour toi.

À cet instant, le camion de pompiers recula. Après une brève querelle avec Baba Sifkovits qui n'avait pas songé, même en rêve, à appeler son fils pour qu'il déplace la Peugeot, les hommes décidèrent de bifurquer avec le véhicule d'intervention à gauche à travers champ. Ce qui provoqua un sillon ravagé. Sifkovits s'élança derrière le véhicule d'urgence.

— Excusez-moi. Pourriez-vous vous arrêter une minute, je vous prie ? cria le commissaire.

Le véhicule d'intervention freina brutalement.

— Que se passe-t-il ? beugla le chef d'unité des pompiers.

— Je suis le commissaire général de police de la LKA d'Eisenstadt, dit Sifkovits en brandissant sa carte. C'est vous qui avez récupéré le défunt ?

— Oui. Nous sommes entrés avec des masques. Il était étendu, légèrement tourné, sur le sol. Dans la cave, nous avons mesuré une concentration de CO_2

élevée. C'est un accident tragique, lui expliqua le chef d'équipe.

— Pourrait-il s'agir d'un suicide ? poursuivit Sifkovits.

— Je ne pense pas. En règle générale, les gens qui se suicident s'allongent par terre et attendent de perdre connaissance. Dans ce cas, le défunt était visiblement debout dans la cave avant de s'effondrer sur le sol.

Sifkovits se gratta la tête sous sa casquette.

— Merci.

Il prit congé du chef qui, en s'éloignant, continua à ravager avec son véhicule le champ sur son passage, puis Sifkovits revint à la cave. En passant devant sa Peugeot, il entendit un « Que s'est-il passé ? » lancé par sa mère. Lorsqu'il répondit « Un accident », retentit de la voiture un « Bon, on y va alors ! »

Sifkovits expliqua à sa mère qu'il devait encore s'entretenir brièvement avec les personnes présentes.

— Mais magne-toi ! Sinon, on ne mangera pas avant cet après-midi.

— Oui, maman. On repart tout de suite, assura-t-il à sa mère.

Bettina et Christa Stipsits étaient toujours avec l'agent en uniforme. La conversation semblait sur le point de prendre fin.

— Bien le bonjour, messieurs-dames. Je suis Sifkovits de la LKA d'Eisenstadt. Je vous présente mes plus sincères condoléances, dit-il en serrant la main des deux femmes. Je sais que c'est très difficile pour vous. Puis-je néanmoins vous poser une petite question ?

L'agent en uniforme intervint.

— J'ai déjà tout consigné, monsieur le commissaire.

— Ce n'est pas grave, répliqua Christa Stipsits.

C'était une femme séduisante d'environ soixante-cinq ans. Son maquillage avait coulé et Sifkovits remarqua que ses mains tremblaient légèrement.

— Que souhaitez-vous savoir ?

— Pas grand-chose, déclara Sifkovits pour alléger d'emblée la pression liée à l'interrogatoire. Juste, en quelques mots, comment vous l'avez trouvé et ce qu'il avait fait la veille.

L'agent tenta d'expliquer au commissaire qu'il possédait déjà ces informations. Sifkovits posa une main sur l'épaule de son collègue.

— Merci, c'est bon. Vous pouvez y aller maintenant.

Le policier eut l'air quelque peu perplexe puis s'éloigna du groupe. À l'arrière-plan, le corbillard était en train de contourner une petite Peugeot. Le champ était donc désormais ravagé des deux côtés de la voie d'accès.

Sifkovits sortit son bloc-notes. Mme Stipsits commença à raconter.

— Dans la journée, tout était normal. Le matin, mon mari était allé à Stegersbach. Après quoi, on a déjeuné. L'après-midi, il avait rendu visite à la famille Popescu. Ils ont probablement eu une discussion à propos du Uhudler. Adrian travaille depuis six mois avec mon mari. Il l'a aidé pour la récolte des vignes et avec le temps, il est devenu homme à tout faire. Ensuite, nous avons dîné ensemble, et après les nouvelles télévisées, il a dit qu'il allait passer à la cave. Il le faisait souvent, de prendre sa voiture pour y faire un saut. Il était tellement fier de son Uhudler. Peu avant 21 heures, il m'a appelée et m'a dit qu'il restait là-bas et dormirait dans la chambre en haut.

— Était-ce inhabituel de sa part ? s'enquit Sifkovits.

— Non, pas du tout. Papa aimait bien dormir dans la chambre en haut de la cave. Le plus souvent, il y lisait des vieux ouvrages sur le vin, précisa la fille du défunt. Le lendemain matin, j'ai eu un coup de fil de la Raika à Stinatz, m'informant que mon père ne s'était pas rendu au rendez-vous. On n'arrivait pas à le joindre sur le téléphone portable, donc j'y suis allée en voiture et je l'ai trouvé là.

Les yeux de Bettina s'emplirent à nouveau de larmes.

— Je ne sais pas combien de fois je lui ai dit : « Papa, fais attention. Sois vigilant avec le ventilateur. » Ça lui était déjà arrivé quelques fois d'oublier de l'activer. Dieu merci, il y avait toujours quelqu'un d'autre dans les parages. Cela se produit malheureusement trop souvent. Il y a eu un viticulteur dans le coin, Udo Leitner, qui est décédé de la même façon.

Sifkovits approuva.

— Je ne m'en souviens que vaguement. C'était plutôt dramatique, pas vrai ? lança-t-il.

— Et comment ! Udo s'est effondré et quand sa femme Manuela a voulu vérifier si tout allait bien, elle aussi est tombée dans les pommes à cause du CO_2 et ils sont morts tous les deux. Une famille entière décimée à cause de cette étourderie.

Bettina était visiblement très affectée. Sifkovits sentit qu'il était temps de mettre fin à l'entretien.

— Je vous donne ma carte de visite. Pour le cas où vous auriez envie de parler.

Mme Stipsits la prit et lut : « Markus Priela. Le Uhudler à toute heure. » Elle scruta Sifkovits d'un air troublé.

— Oh, pardon, je me suis trompé, s'excusa le commissaire.

— Oui oui. Allez donc chez Priela. Chez lui, il s'agit de marketing, chez nous de qualité. L'essentiel n'est pas le merchandising mais la marchandise. Mais de nos jours, elle ne compte plus vraiment.

Mme Stipsits avait l'air déçue par le commissaire.

— C'était en réalité une coïncidence que je me retrouve là-bas. La prochaine fois, j'achèterai mon vin chez vous, c'est promis, l'assura-t-il, s'efforçant de l'apaiser.

— 'Savez quoi, monsieur le commissaire ? La prochaine fois que nous nous voyons, je vous offrirai votre vin. Vous n'avez pas besoin de l'acheter à Priela !

Le commissaire se confondit en remerciements et prit congé.

— Votre père achetait souvent du vin chez mon mari, se remémora Mme Stipsits.

Le commissaire sourit.

*

Lorsque Sifkovits arriva devant la grande Audi du défunt, il s'arrêta. Il caressa doucement le capot. Ensuite, il posa ses mains sur le toit et descendit jusqu'à l'arrière de la voiture. Tout était lisse.

— Belle voiture, fit l'agent en uniforme derrière lui. Mais malheureusement, pas dans nos moyens.

Sifkovits approuva.

— Dites-moi un peu, quand est-ce qu'il a grêlé hier ? demanda-t-il au policier.

— Ah… je crois que c'était un peu avant 21 heures.

— Et combien de temps ça a duré ?

Le policier réfléchit un instant.

— Peut-être dix ou douze minutes, précisa-t-il.

— Merci.

Sifkovits longea la cave par la gauche en direction de l'appartement qui se trouvait là-bas. Avant d'entrer, devant le porche, il se mit à genoux et se traîna à quatre pattes. Une vision tout à fait grotesque.

— Tout va bien, monsieur le commissaire ? s'enquit l'agent.

— Oui. Tout va bien, j'ai simplement perdu mon stylo, mentit Sifkovits.

Sa position évoquait une posture de yoga. Sa recherche fut fructueuse. Il y avait des traces de pas qui, en outre, ne pouvaient pas provenir de bottes en caoutchouc.

— Qu'est-que tu fais encore ? Je dois me mettre à cuisiner ! cria sa mère.

— J'arrive tout de suite !

Sifkovits remercia l'agent et retourna vers sa voiture. Juste avant de s'y engouffrer, il fit encore volte-face et courut vers les deux femmes.

— Juste une dernière question, madame Stipsits, lança-t-il comme s'il voulait s'excuser.

— Je vous en prie !

— À quelle heure vous a appelée votre mari ? questionna Sifkovits.

— Peu avant 21 heures. Attendez, je peux regarder sur mon téléphone.

Elle sortit son smartphone de son sac.

— À 20 h 53. L'appel a duré une minute, précisa-t-elle.

Sifkovits se gratta à nouveau la tête sous sa casquette.

— Votre mari vous a-t-il dit où il se trouvait ?

— Oui, à la cave. Pourquoi ? s'enquit Mme Stipsits.

— Pour rien. Au revoir.

Sifkovits marcha jusqu'à sa voiture, perdu dans ses pensées.

— Alors, tu as enfin terminé ? fulmina Baba.

Sifkovits ne répondit pas. Il s'assit derrière le volant et jeta un coup d'œil à la grosse Audi.

— Je sais qu'une voiture comme ça te plairait. Mais oublie, tu ne peux pas te la payer. Si ta femme avait un cabinet médical normal, à la limite, peut-être, mais là-bas où elle est, elle ne gagne rien…

Sifkovits interrompit sa mère.

— La voiture ne porte pas de marque de grêle, marmonna-t-il d'un air pensif.

— Quoi ?

— Il devrait pourtant y en avoir, poursuivit-il.

— Je ne pige plus rien du tout. De quoi parles-tu ? s'impatienta Baba.

— Rien. On y va, maman.

*

Une fois arrivé à Stinatz, Sifkovits composa le numéro du bureau du procureur. Ce qui se révéla rapidement être une erreur.

4

— Mais dites-moi un peu, Sifkovits, avez-vous perdu la boule ?

Taschner, le supérieur hiérarchique de Sifkovits, était visiblement remonté. Le commandant était assis derrière son bureau imposant à la LKA d'Eisenstadt et déversait sa fureur sur le commissaire général.

— C'était un accident. En tant que commissaire général en poste depuis longtemps, vous ne pouvez pas ignorer que dans le cas d'un accident dû aux gaz de fermentation, sans indication d'intervention d'un tiers, il n'y a pas lieu de solliciter le procureur. Et encore moins de procéder à une autopsie. Nous n'avons de toute façon presque plus de médecin légiste, car personne ne veut prendre la relève. Savez-vous combien coûte une autopsie ?

Évidemment, il s'agissait d'une question purement rhétorique. Taschner continua avec indignation.

— D'autant plus pour un viticulteur qui s'est écroulé comme tant d'autres bourré dans sa cave.

Et que vous ayez eu le toupet d'appeler madame la procureure générale dans mon dos, qui traverse déjà une période difficile à cause de son jeûne intermittent de 16 à 8 heures du matin, et d'agiter un bidule à propos de je ne sais quels dégâts de grêle, ça, c'est la goutte d'eau qui fait déborder le vase.

Sifkovits trouva la formulation, au regard des circonstances du décès, presque comique.

— Puis-je dire quelque chose, monsieur le commandant ?

— Non ! C'est moi qui parle, rétorqua Taschner en passant la main dans ses cheveux gominés d'un geste théâtral. Si je ne vous connaissais pas, monsieur le commissaire général, cela vous aurait attiré une procédure disciplinaire qui vous aurait coupé le souffle.

Avec cette formulation, Taschner avait encore gaffé sans le faire exprès.

— Me suis-je bien fait comprendre, monsieur Sifkovits ?

Sifkovits acquiesça vigoureusement. Le commissaire avait une conception de son service totalement différente de son supérieur. Sifkovits se comportait toujours aimablement lors des interrogatoires, n'affichait pas une mine sévère et ne portait généralement pas son arme de service. « Tirer, ça ne se voit qu'à la télé », répétait-il à l'envi. En vingt ans de carrière dans les affaires criminelles, il n'avait jamais utilisé son arme, sauf pour les séances d'entraînement au tir, qu'il séchait systématiquement depuis belle lurette.

— Je suis désolé, monsieur le commandant. J'avais simplement pensé que le défunt pouvait avoir été ailleurs et menti à son épouse sur le lieu où il se trouvait.

Taschner bondit de son siège. Sifkovits remarqua sur le pantalon de son supérieur une ouverture embarrassante.

— Eh bien, il était peut-être ailleurs. Et alors, qu'est-ce que ça change ? Vous n'avez jamais menti à votre femme ?

Sifkovits réfléchit quelques secondes.

— C'est-à-dire, pas franchement menti, mais disons qu'il m'est arrivé d'enrober la vérité d'une situation, répliqua le commissaire.

— Et c'est exactement ce que vous allez faire maintenant, vitupéra Taschner. Comment pouvez-vous déduire un meurtre à partir d'absence de marques de grêle ?

Sifkovits garda pour lui que sur le lieu en question, il avait découvert des traces de pas qui n'appartenaient pas au défunt. Il craignait que son supérieur ambitieux ne pique une nouvelle crise.

— Je vous ai compris, monsieur le commandant. C'est juste que nous avons parfois des façons de penser différentes, dit-il pour le caresser dans le sens du poil.

— Que vous pensiez et vous comportiez différemment n'est pas le plus grave ; ce qui l'est davantage, c'est que vous vous obstiniez à ignorer les procédures internes et que vous preniez des décisions de votre propre chef.

Ça, c'était bien envoyé. Sifkovits avala une gorgée de sa tisane à l'herbe à fromages. Il le fit un peu trop bruyamment.

— Et maintenant, Sifkovits, faites-moi le plaisir de disparaître de ma vue, vous et l'eau de vaisselle que vous sirotez. Allez voir votre collègue Berner. Il a un dossier pour vous. Vous mènerez l'enquête sur le vol de poules à Olbendorf. Cette affaire nous occupe depuis plus d'un an. Apparemment, le malfaiteur a refait surface.

Taschner en avait visiblement terminé. Néanmoins, Sifkovits resta encore un instant en face de lui.

— Qu'y a-t-il encore ? s'enquit Taschner.

— Votre braguette est ouverte.

— DÉGUERPISSEZ ! beugla Taschner.

Sifkovits salua et s'éclipsa.

*

Le collègue Berner tendit à Sifkovits le dossier portant l'inscription *Vol de poules Olbendorf-Untermühl*. Il n'était que 8 h 34, mais Berner s'était déjà enfilé un petit pain garni de *Leberkäse* au fromage et s'apprêtait à s'attaquer à son deuxième dossier qui se présentait sous la forme d'un petit pain garni de *Leberkäse* au chili.

— Amuse-toi bien avec cette affaire passionnante ! lança Berner d'un ton arrogant.

Sifkovits posa sa tasse à moitié pleine sur le bureau de Berner et quitta la pièce. L'odeur de la tisane à l'herbe à fromages chatouilla les narines de Berner.

— Beurk, ça pue !

Puis il mordit dans son sandwich fourré au pain de viande.

*

Ainsi, Sifkovits mena l'enquête à Olbendorf-Untermühl. Elle se déroula peu ou prou comme l'escomptait Sifkovits. Le dossier avait tous les attributs pour être élue l'affaire la plus barbante de l'année. Il s'agissait probablement d'une querelle de voisinage, comme très souvent. À un moment donné, on ne se dit plus bonjour, puis la musique est trop bruyante, puis l'odeur du barbecue atteint le terrain du voisin, et finalement, on vole quelques poules.

Edi Brus, la victime, était hors de lui. C'était un grand gaillard, brutal, avec un visage cramoisi. Sans doute une combinaison d'hypertension artérielle et de vin rouge. Brus travaillait pour la municipalité d'Olbendorf mais considérait l'élevage de poules comme sa vraie vocation. « Si Toni obtient ça avec son élevage de poules en plein air, moi aussi, je peux le faire », tel était son credo.

Toutes ses poules portaient des noms, plutôt originaux d'ailleurs. Resi, Zenzi, Sissi, Lotti, Trixi et Biggi avaient disparu depuis quelque temps. Son épouse Kikki, qui se tenait au côté de son mari pendant l'enquête, n'ouvrit quasiment pas la bouche. Sifkovits prit des notes un peu par-dessus la jambe et assura à celui qui s'était autoproclamé « l'homme qui murmure à l'oreille des poules » que l'affaire serait traitée avec diligence. Il pouvait se rasséréner. La LKA d'Eisenstadt était la meilleure adresse pour retrouver des poules volatilisées.

En temps ordinaire, Sifkovits aurait refusé cette affaire. Cependant, ce « crime de poules » présentait un avantage décisif : Olbendorf-Untermühl était situé à seulement un quart d'heure en voiture de Stinatz. Il savait ainsi parfaitement où sa route le mènerait après cela. Directement jusqu'au gang des commères aux foulards à Stinatz, sur le banc.

Le gang des foulards s'apparentait à un groupe WhatsApp. Il était composé de sa mère Baba, de Mme Resl Grandits, Mme Hilda Resetarits et de l'épicier Maikits. On les rencontrait surtout sur le banc juste à côté de la maison de Baba durant les mois estivaux, en train de discuter des problèmes du village. Ils répandaient des rumeurs ou transformaient les souris en éléphants. Si l'on voulait propager des informations dans le village, il suffisait d'aller trouver le gang des foulards. Celui-ci était plus rapide pour la diffusion des potins que n'importe quel réseau social. « Nous n'avons pas besoin du quotidien *Krone*, nous avons le gang des foulards », plaisantait-on souvent à mots couverts.

L'an dernier, il s'était passé beaucoup de choses. Mme Grandits avait regrossi. Elle prétendait que c'était dû à l'histamine dans les produits, qui lui tombait immédiatement sur les hanches. C'était néanmoins sans doute plutôt lié au strudel aux noix qu'elle confectionnait, et mangeait, une fois par semaine. Mme Resetarits traversait une crise des intérêts. Maman Baba se demandait si elle devrait repeindre la courette intérieure de sa maison, et Maikits proposait depuis quelque temps dans son épicerie du lait d'amande, un produit qu'à Stinatz, personne, mais littéralement personne, n'achetait. On respectait sa dignité, sachant pertinemment que le lait finirait tôt ou tard dans le canal.

Le gang des foulards avait déjà aidé Sifkovits à résoudre une affaire l'année précédente. Aujourd'hui, Sifkovits désirait des informations sur le défunt Alois Stipsits.

Il allait effectivement en obtenir.

5

La petite Peugeot 206 traversa la commune de Litzelsdorf. Sifkovits quitta la route nationale pour rejoindre Stinatz par les voies rurales. Certes, celles-ci étaient dans un sale état et auraient eu grand besoin d'être rénovées, mais le paysage qui s'étendait alentour valait la peine qu'on roule sur ce parterre de nids-de-poule.

Sur sa droite, Sifkovits apercevait les magnifiques forêts d'épineux. Un panorama dont il ne se lassait jamais. Sur sa gauche, des champs de maïs moissonnés. Il s'arrêta à l'entrée d'un chemin de terre pour humer l'odeur des bois et se sentit envahi d'une paix céleste. Pendant un instant, Sifkovits eut l'impression de redevenir le gosse de six ans qu'il avait été jadis. Dans son esprit, il se revit en train de se balader avec son père dans la forêt et de chercher des chanterelles. Il était assis avec son papa devant un feu, en train de faire griller des saucisses. Une saveur qu'il croyait avoir perdue depuis longtemps.

Sifkovits cligna brièvement des yeux et revint à la réalité. La forêt se dressait, toujours et encore, face à lui. Comme autrefois. Immaculée, vierge, pure et vivante. Les grands épineux semblaient lui lancer une invitation pour une nouvelle aventure. *On aurait dit*, songea le commissaire, *que les innombrables entreprises de recyclage*, massivement coupables de la pollution environnementale selon lui, *avaient par miracle oublié cette petite parcelle de terre.*

*

Lorsque Sifkovits arriva à Stinatz, il gara sa voiture directement devant la maison de sa mère. Un crissement de freins abominable retentit à travers le village paisible. Le banc devant la maison était bondé. S'y trouvait le gang des foulards au complet. On buvait du Uhudler, celui que Sifkovits avait précisément acheté la veille avec sa mère au domaine viticole Priela. Tous étaient plongés dans une discussion animée autour des intérêts et des banques.

— Salut, Kojak ! s'écria Maikits.

Sifkovits s'avança vers le groupe.

— Que me vaut déjà ce retour ? lança sa mère.

— Tu me manquais trop, maman, lui répliqua son fils.

Baba le perça immédiatement à jour, même si elle se réjouissait néanmoins de cette visite surprise.

— Quoi de neuf ? Tu prends un Uhudler avec nous ?

Maikits n'attendit pas sa réponse et tendit un verre plein au commissaire.

— Non merci. Juste de l'eau chaude. J'ai déjà la tisane avec moi.

La vieille Mme Resetarits secoua la tête.

— Voilà q'tu bois d'nouveau le thé à fromages. Pourquoi t'bois pas de Uhudler ?

— Le vin ne me réussit pas, malheureusement, rétorqua Sifkovits.

Mme Resetarits ne lâcha pas l'affaire.

— Tu sais pourquoi j'ai atteint mon grand âge ?

— Parce que ton mari est mort très jeune, lâcha la grosse Mme Grandits.

— D'accord, ça aussi, mais surtout parce que chaque jour, je déguste mon verre de vin.

Baba leva les sourcils.

— Hilda, tu bois 365 verres de vin par an ?

Mme Resetarits protesta immédiatement.

— Tu es dingue ! Bien plus que ça !

Le banc résonna de gloussements bruyants.

Maikits se dirigea vers sa boutique, située juste derrière, et fit bouillir de l'eau pour Sifkovits. Le commissaire plongea son sachet de tisane à l'herbe à fromages dans la tasse. Elle portait l'inscription « Je n'ai pas de temps pour un burn-out ». Sifkovits savait pertinemment que Maikits n'avait jamais entendu le mot *burn-out*, sans parler de l'épeler. En ce qui concernait l'épicier de Stinatz, il fallait plutôt craindre qu'il soit affligé de l'inverse. Un genre de *flemmingite-out*.

Mme Resetarits n'avait décidément aucune indulgence vis-à-vis de la prédilection du commissaire pour la tisane. C'était peut-être lié au fait qu'elle s'enfilait déjà son troisième quarts de Uhudler.

— Écoute, Schiffi, si tu dois vraiment boire du thé, choisis au moins du thé roumain !

Cette remarque éveilla un vif intérêt sur le banc.

— C'est quoi, le thé roumain ? interrogea Mme Grandits.

— Une vieille recette des Huzul[1], expliqua Mme Resetarits. Il faut prendre une grande tasse, puis tu y jettes une pièce de monnaie. Ensuite, tu rajoutes un peu de thé noir et du lait. Jusqu'à ce qu'on ne voie plus la pièce.

— Oui, et alors ? Qu'est-ce que ça a de particulier ? demanda Baba avec impatience.

Mme Resetarits passa à la chute.

— Ensuite, tu remplis la tasse de schnaps jusqu'à ce que la pièce réapparaisse.

Nouvelle explosion de rires sur le banc. Sifkovits s'y joignit, quelque peu sur la réserve. Il trouvait qu'il était temps de briser l'atmosphère d'ébriété.

— Savez-vous quelque chose au sujet du vieux Stipsits ?

Le banc devint silencieux.

— Oui, il est mort ! jeta Mme Grandits.

---

1. Peuple des montagnes dans les Carpates.

— Et sinon, rien d'autre ?

Baba comprit pourquoi son fils avait resurgi à Stinatz.

— Spatzl, enquêtes-tu sur le Stipsits ? C'était pourtant un accident !

— Hé, maman. Je suis ici à cause d'un vol de poules à Olbendorf. Je suis juste curieux de savoir quel genre d'individu était Stipsits.

Mme Resetarits sut immédiatement quoi dire.

— C'était un brave type ! Il ressemblait à un gros ours.

Sifkovits songea que les ours ont peut-être l'air brave, mais ne le sont pas nécessairement.

— Est-ce qu'on ne devrait pas lui dire la vérité ? s'enquit Mme Grandits à la cantonade.

Les regards faisaient des allers-retours entre eux comme pendant une partie de ping-pong. Puis Maikits prit la parole :

— Dis-le, toi, Resl !

La grosse Mme Grandits vida son verre d'un trait. Puis elle respira encore un grand coup. Éminemment perceptible. Ces préliminaires dramatiques lui étaient visiblement indispensables.

— Écoute, Schiffi, c'était un homme d'affaires. Il était toujours aimable mais il était…

Mme Grandits marqua une pause et baissa le regard.

— Tu ne t'en souviens pas, c'était il y a trop longtemps. Le vieux Stipsits produisait du Uhudler avec le vieux Priela. Mais ensuite, le vin a été interdit chez nous. Une catastrophe pour ces deux-là. Plus tard, la rumeur a circulé que le vieux Stipsits faisait passer dans le Burgenland de la marchandise de contrebande venant de l'Est. Du jour au lendemain, on pouvait à nouveau se procurer du Uhudler au noir chez ces deux-là. Le commerce fonctionnait à merveille. J'avais entendu – Hilda, peut-être que tu te souviens d'elle – que les deux compères se fournissaient directement dans des domaines viticoles en Roumanie.

Mme Resetarits hocha la tête d'un air entendu.

— C'est vrai. Ils allaient chercher leur vin en Roumanie. Parce que là-bas, il était moins cher. Avec le rideau de fer, à condition d'avoir assez d'argent pour corrompre les autorités, on pouvait quasiment tout faire venir en Autriche, poursuivit Mme Resetarits.

Maikits intervint.

— Ce qui est vraiment singulier, c'est que quand le vieux Priela est mort, il y a quelques années, le vieux Stipsits a obtenu la cave. Celle avec le toit de chaume. Tout le monde pensait que ce serait le jeune Priela qui en hériterait. Il s'est passé un truc pas net dans cette histoire.

Maikits prit une grande lampée de son Uhudler.

— Il est vraiment délicieux, claironna-t-il à la cantonade. Aujourd'hui, j'ai de nouveau l'impression d'être un roi !

— Mais parce que tu en es un, Maikits, dit Baba.

— Pourquoi ? s'étonna l'épicier.

— Parce que tu es venu au monde avec une césarienne, répliqua Mme Resetarits.

Tous les occupants du banc éclatèrent de rire.

— Qu'y a-t-il, Schiffi ? Tu n'as même pas envie de goûter le vin ? relança Maikits.

Sifkovits déclina.

— Bah, d'tout' façon, c'est meilleur si le Uhudler reste longtemps à la chaleur. Comme ça, il a un petit goût agréable de vin chaud.

Sifkovits se força à sourire.

— Et sinon, rien d'autre sur le vieux Stipsits ? insista le commissaire.

— Eh bien si, commença Mme Grandits. Depuis neuf mois environ, le Stipsits avait vaguement changé. Il était nerveux. Normalement, le Stipsits était plutôt affable. Et d'un coup d'un seul, on le voyait constamment à la Raika. Je le sais par la Silvia. Elle habite juste à côté.

Mme Resetarits en profita pour lancer, caustique :

— Eh ben, évidemment qu'il était souvent à la banque, parce que lui non plus ne recevait pas d'intérêts.

Mme Grandits, impassible, ignora le commentaire.

— Tu sais, Schiffi, je voudrais jeter la pierre à personne, mais c'est tout de même bizarre qu'une famille roumaine se soit installée précisément depuis neuf mois à Burgauberg. Peut-être que ça a un rapport avec la contrebande d'avant. Et puis, en plus, l'un des Roumains travaillait chez le Stipsits.

Le banc replongea dans le silence pendant quelques instants. Le soleil était encore vif. Un vieux tracteur passa devant l'assemblée. L'homme au volant les salua gentiment. Pendant un long moment, on entendit encore le teuf-teuf du moteur avant que le calme ne revienne.

— Où habite-t-elle, cette famille roumaine ? s'enquit le commissaire, brisant le silence collectif.

— À Burgauberg, l'informa sa mère. Ils louent la maison de feu Hirschmann. Ils s'appellent Popescu. Tu sais où c'est ?

Son fils acquiesça. Puis il se leva et se dirigea vers sa voiture.

— Où vas-tu ? l'interrogea sa mère.

— Je reviens tout de suite, répliqua-t-il du tac au tac.

Peu après, la petite Peugeot disparaissait en direction de Burgauberg.

Baba se souleva du banc.

— Pourquoi tu lui as pas tout raconté ? demanda-t-elle à Mme Grandits.

— Parce que c'est juste une rumeur. Laissons les morts reposer en paix ! répliqua la dame corpulente.

— Si mon fils mène l'enquête, il tombera tôt ou tard dessus.

Sur ces mots, Baba retourna dans sa maison.

— Peut-être que c'était ce qu'ils voulaient ? cria Mme Grandits dans la cour intérieure de la mère de Sifkovits.

— Mais peut-être que non ! beugla Baba en retour.

6

La maison de la famille Popescu se trouvait au centre de Burgauberg. De l'extérieur, elle ne paraissait pas particulièrement accueillante. Sifkovits estima qu'elle avait été construite au début du XXe siècle. La façade était craquelée de fissures, les vieilles boiseries des fenêtres étaient vermoulues et la toiture avait bien besoin d'une rénovation. À gauche de la bâtisse s'érigeait un auvent abritant une Lada Taiga verte avec une plaque d'immatriculation roumaine. Sifkovits gara sa Peugeot verte avec des crissements de freins atroces juste derrière le véhicule. Il sonna à la porte d'entrée blanche avant de constater qu'il aurait plus de chances en frappant. La sonnette était probablement partie en retraite anticipée. Bientôt, la porte fut ouverte par une femme menue aux cheveux noirs.

— Oui, bonjour ? dit-elle doucement avec un fort accent.

— Bonjour, madame Popescu, je suis le commissaire général Sifkovits, puis-je entrer pour une minute ?

Sifkovits chercha sa carte de police tandis qu'en arrière-plan, un homme grand et baraqué se dirigeait vers la porte.

La petite femme se tourna vers l'homme.

— La police, dit-elle en roumain.

L'homme costaud se plaça devant la femme. Sifkovits jaugea l'homme vers le milieu ou la fin de la quarantaine, et la femme quelque peu plus jeune. L'homme tendit la main à Sifkovits.

— Adrian Popescu. Et voici ma femme Mariana. Excusez-moi, mon épouse ne parle pas encore très bien l'allemand. Que puis-je faire pour vous ?

— Pas de problème, dit Sifkovits. Je voulais simplement m'entretenir avec vous au sujet d'Alois Stipsits, pour qui vous travailliez. Puis-je entrer ?

— Je vous en prie, l'invita l'homme.

Le couple guida Sifkovits dans la salle de séjour. Celle-ci était simple, mais décorée avec goût. Sur les murs et les commodes, Sifkovits aperçut quelques photos du couple en vacances dans divers endroits. On les voyait à Florence, à Moscou, au bord de la mer Noire. Une immense photo affichée à côté de la cheminée montrait les deux tourtereaux devant la tour Eiffel à Paris. Sifkovits observa l'image. La photographie lui donnait une drôle d'impression, comme un rébus caché. Adrian portait une casquette *I Love Paris*, un bermuda et une chemisette à manches courtes. Sa femme était vêtue d'une robe en coton blanc. On distinguait la tour Eiffel en arrière-plan. Son ombre s'étendait sur la droite. Un motif typiquement touristique.

— Je n'ai jamais mis les pieds à Paris. La ville de l'amour. Ça doit être beau, là-bas, lança le commissaire.

L'homme robuste approuva d'un signe de tête.

Adrian et Mariana invitèrent le commissaire à s'asseoir sur le canapé.

— Que puis-je vous proposer à boire ?

— Juste de l'eau bouillante. J'ai ma tisane avec moi, répondit Sifkovits à Adrian.

Mariana se leva et se dirigea vers la cuisine.

— Qu'aimeriez-vous savoir au sujet d'Alois Stipsits, monsieur le commissaire ?

— Juste des informations d'ordre général. Quel genre d'individu était-ce ? s'enquit Sifkovits.

— C'était un chef très sympathique, ouvert en cas de problème, et bien entendu très passionné par son vin. Lorsque mon épouse et moi sommes arrivés ici il y a neuf mois, ça a été un coup de chance que je trouve immédiatement ce poste chez lui. Nous étions très reconnaissants et nous sommes bien sûr extrêmement bouleversés par cet accident tragique.

Mariana Popescu revint avec l'eau chaude.

Sifkovits plongea son sachet de tisane à l'herbe à fromages dans la tasse.

— Quand avez-vous vu Alois Stipsits pour la dernière fois ? questionna le commissaire.

— Hier en fin d'après-midi, indiqua Popescu. Nous avons discuté de changer notre étiquette. Stipsits voulait faire quelque chose pour augmenter les ventes de son Uhudler.

— À quelle heure, environ ? demanda Sifkovits.

— Autour de 18 heures. Ensuite, il est parti de chez nous. J'ignore malheureusement où il a été après sa visite.

Sifkovits avala une gorgée de tisane à l'herbe à fromages. Son regard s'arrêta une fois de plus sur la photographie de Paris.

— C'est chouette de voyager souvent. Mon épouse et moi en avons hélas rarement l'occasion. Elle travaille chez Médecins sans frontières. Actuellement, elle est au Kenya. Elle est constamment en déplacement et il nous reste donc peu de temps pour nous deux. J'aimerais beaucoup visiter la Roumanie par exemple.

— C'est un beau pays, affirma Adrian.

— De quelle région de Roumanie venez-vous ? l'interrogea Sifkovits.

Mariana Popescu esquissa un sourire. Sifkovits fut légèrement irrité par sa réaction.

Adrian répondit immédiatement :

— Arad. Nous habitions près de Sânnicolau Mic.

— Pourquoi en êtes-vous partis ?

— Arad est une jolie ville et présente pas mal d'opportunités pour de jeunes gens, mais nous avons été contraints de quitter la Roumanie à cause de la situation économique, pour tenter notre chance ici. Les salaires sont vraiment meilleurs. Nous avons tellement connu la pauvreté dans notre pays que maintenant, nous voulons juste apprécier les belles choses de la vie, poursuivit M. Popescu.

Sifkovits hocha la tête d'un air compréhensif.

— Avez-vous toujours travaillé dans le domaine viticole ? s'enquit-il.

— Non, pas du tout. J'étais videur dans une grande discothèque. Le salaire était correct, mais pas comparable avec celui de M. Stipsits.

Vu sa carrure, le commissaire le croyait sans peine. Sous le fin tissu du t-shirt, on devinait facilement des muscles entraînés et ciselés.

— Puis-je vous faire un compliment, monsieur Popescu ?

Adrian, surpris, se pencha en avant.

— Votre allemand est excellent, constata Sifkovits d'un air connaisseur.

Adrian sembla apprécier la remarque.

— Je vous remercie. J'ai travaillé pendant longtemps en Allemagne, quand j'étais plus jeune, avant de rencontrer ma femme.

C'était précisément ce qu'avait supposé Sifkovits.

— J'habitais à Erfurt et là-bas, à dix-huit ans, j'ai commencé comme videur dans une boîte de nuit, ajouta Adrian. Vers vingt-sept ans, je suis retourné en Roumanie.

Soudain, la consommation excessive de tisane à l'herbe à fromages se fit sentir.

— Puis-je utiliser vos toilettes ? demanda le commissaire.

— Mais je vous en prie. C'est dans le couloir, la première porte à droite.

Sifkovits ouvrit la deuxième. Il se retrouva brusquement dans une petite pièce contenant un lit double. Cependant, seul un côté était défait.

— Pardonnez-moi, je me suis trompé de porte, s'excusa-t-il auprès de Mariana qui le suivait.

Elle lui montra la bonne porte. Sur l'étagère au-dessus du lavabo était posé un gobelet avec une seule brosse à dents.

Sifkovits se gratta le crâne sous sa casquette. Il ouvrit la porte de la petite douche. Il aperçut par terre un unique flacon de savon liquide Axe Africa. Une marque pour hommes.

Lorsque le commissaire revint dans le séjour, Mariana était en train de disposer quelques biscuits dans une coupelle en verre particulièrement laide.

— Faites-vous chambre à part ? questionna Sifkovits.

— Oui, je ronfle énormément, ma femme dort dans sa chambre à l'étage.

— Je connais ça, avoua Sifkovits d'un air compréhensif. Moi et ma femme faisons également chambre à part. Malheureusement, mon épouse ronfle non-stop toute la nuit. Je me demande pourquoi ce sont toujours les ronfleurs qui s'endorment en premier. Mais le pire, c'est le silence entre deux ronflements. Car on sait que ça va recommencer juste après.

Sifkovits remarqua que M. Popescu était ailleurs, perdu dans ses pensées. Il sourit faiblement à la boutade du commissaire mais ne semblait prêter aucune attention à ses paroles.

— Bien, monsieur Popescu. Je vous ai assez fait perdre votre temps.

Alors que Popescu s'apprêtait à se lever pour raccompagner le commissaire jusqu'à la porte, celui-ci resta assis.

— Une dernière question : auriez-vous remarqué ces derniers temps quelque chose, quoi que ce soit, d'inhabituel chez M. Stipsits ?

L'homme baraqué réfléchit un instant.

— Non, à vrai dire. Il était tout à fait normal, déclara-t-il.

Sifkovits hocha la tête et se leva.

— Attendez ! lança Adrian. Maintenant que vous le mentionnez… Il y a environ deux semaines, l'autre producteur de Uhudler, Priela, est venu lui rendre visite au domaine. Il semblait très énervé. J'étais en bas dans la cave et je n'ai donc pas entendu distinctement, mais tous deux ont eu un échange violent. Priela a crié. Je n'ai pas tout compris mais ça ressemblait à : « Sur ce coup-là, tu ne t'en sortiras pas à bon compte ! » Puis il est parti furieux.

— Très intéressant ! Vous n'avez rien entendu d'autre ? s'enquit le commissaire.

Adrian secoua la tête. Il ajouta qu'Alois Stipsits n'avait pas parlé de l'incident avec lui. Stipsits avait juste dit que le jeune Priela était un abruti et n'avait aucune idée des choses.

— Merci beaucoup pour le thé et pour le temps que vous m'avez accordé.

— C'était un plaisir, monsieur le commissaire. Si vous avez besoin d'autre chose de notre part, vous serez toujours le bienvenu chez nous.

Adrian tendit à nouveau la main à Sifkovits.

— Merci. Je ne pense pas avoir besoin de revenir.

Puis il sortit du séjour. Alors qu'il était sur le seuil de la porte, Sifkovits se retourna encore une fois.

— Quelque chose m'est encore venu à l'esprit.

— Oui, de quoi s'agit-il, je vous prie ?

— Comment s'appelait la discothèque en Allemagne dans laquelle vous avez travaillé ?

— Le Prösterchen, répliqua Popescu.

Quand Sifkovits fut parti, la femme aux cheveux noirs se tourna vers l'homme robuste. Elle lui saisit la main.

— J’ai peur. Il a tout inspecté d’une manière bizarre ! murmura-t-elle en roumain d’une voix inquiète.

— Ne crains rien. J’ai pensé à tout, assura Adrian, s’efforçant de la tranquilliser.

Mariana secoua la tête. Elle semblait en douter.

— Ne devrions-nous pas plutôt déguerpir ? demanda-t-elle.

— Non, surtout pas ! J’ai tout mis en route. Nous devons rester encore au moins trois semaines. Sinon, ça paraîtrait louche. Et maintenant, je t’en prie, calme-toi.

Adrian prit Mariana dans ses bras.

*

Sifkovits, assis dans sa petite Peugeot, ruminait. D’une façon indéfinissable, cette maison et cette famille lui paraissaient étranges. Tout semblait artificiel. Il nota le numéro de la plaque d’immatriculation de la Lada Taiga.

En route, il eut deux conversations téléphoniques. L’une le convainquit, l’autre le fit douter.

Et puis, il y avait aussi le truc de la photo à Paris.

7

La Lada Taiga verte était immatriculée depuis deux ans au nom d'un certain Adrian Popescu. Ceci fut confirmé par un collègue de la police routière avec lequel Sifkovits avait sympathisé. Ce même Adrian Popescu figurait également à Arad sur les registres. Il avait donc dit la vérité.

— Avez-vous déjà une idée de modèle ? demanda un vendeur à Sifkovits, l'extirpant de ses pensées.

Il se trouvait dans le magasin d'électroménager Perisutti à Stegersbach, à la recherche d'un appareil photo numérique. Sifkovits examina le modèle que le vendeur avait posé sur le comptoir.

— Que fait celui-ci ? s'enquit-il d'un ton légèrement candide.

C'était la question qu'attendait visiblement le vendeur. Sans reprendre son souffle, il étala fièrement ses connaissances, et en outre à la vitesse de l'éclair.

— Eh bien regardez. Cet appareil possède un capteur CMOS Four Thirds de 17 mégapixels, une lentille zoom DC Vario Summilux 3.1, avec un objectif de 24 à 75 mm, un équivalent 35 mm, un viseur électronique de 2,76 dpm, un moniteur LCD de 3 pouces, un écran tactile de 1,24 dpm, un enregistreur d'écran UHD de 4K30p, un mode rafale de 11 ips, un mode étendu ISO 100-25600, 4K, une mise au point, un Bluetooth et Wi-Fi intégrés et bien entendu un carte CompactFlash incluse. Des questions ?

Sifkovits n'avait pas la moindre idée de ce dont parlait le jeune homme. Pour ne pas avoir l'air idiot, il hocha la tête d'un air connaisseur.

— Hmmm, ça me semble intéressant, lâcha-t-il. Et combien coûte-t-il ?

— Pour ce Leica M16, qui comprend également une batterie BP-DC15 Li-ion, un chargeur de batterie ACA-DC16-U, une carte CompactFlash, un câble Micro-B USB, une sacoche en bandoulière, un protège-objectif avec sa sangle et un sabot de flash, nous sommes à 1 375 euros.

Sifkovits déglutit. Il ne put s'empêcher de penser que sa première voiture lui avait coûté beaucoup moins que cela.

— Bon, c'est plus cher que je ne l'imaginais. Quel est le modèle le plus abordable que vous ayez ?

Le vendeur plissa le front. Sa présentation n'avait visiblement pas été assez convaincante.

— Le MP1. C'est un appareil photo pour enfants à partir de huit ans. Il coûte 19,99 euros, répondit sèchement le vendeur. Il y a même quelques jeux inclus.

— Ça me va, je le prends, décréta résolument le commissaire.

— Vous êtes sûr ? insista le vendeur.

— Oui. Pourquoi pas ?

— Il est rose et il a des motifs d'oreilles de cochon. Modèle Miss Piggy, fit le vendeur en montrant l'appareil à Sifkovits.

Celui-ci réfléchit pendant un instant.

— Avez-vous aussi un modèle Kermit ? questionna-t-il.

— Non, malheureusement. J'ai vendu le dernier hier.

Sifkovits repartit avec Miss Piggy dans son emballage.

*

La maison de la famille Stipsits était construite au sommet d'une petite colline, un peu à l'extérieur de Burgauberg. Alentour s'étendait un panorama époustouflant sur les vignobles. La demeure était grande et dégageait une impression majestueuse. Il n'y avait pas de voisin. Le portail en fer forgé était ouvert et Sifkovits engagea sa Peugeot dans la cour intérieure ; comme d'habitude, les freins émirent des grincements à faire dresser les cheveux sur la tête. Dans le garage dont la porte était relevée, il y avait deux véhicules : une Fiat 500, que Sifkovits supposa appartenir à la fille Stipsits, et une Audi A6. Il aperçut la grande Audi du défunt sur la gauche au fond de la cour intérieure. Le garage possédait trois places de parking, dont l'une équipée d'une fosse mécanique en dessous. Une installation pratique quand on devait effectuer de petites réparations sous le véhicule. Du moins si l'on était doué de ses mains. Sifkovits songea un instant à ses freins. Il sortit de sa voiture. Bettina Stipsits l'attendait déjà dans la cour.

— Bonjour, monsieur le commissaire, quel bon vent vous amène ? Tout va bien ? l'accueillit la jeune femme.

— Bonjour, madame Stipsits. Oui, tout va bien, merci. Je suis juste ici pour vous acheter du vin, afin de réparer ma gaffe embarrassante de la dernière fois, s'excusa le commissaire.

Bettina éclata de rire.

— Ma mère vous avait dit que nous aimerions vous l'offrir. Mais entrez donc, je vous prie.

À l'intérieur, la maison paraissait encore plus immense. La pièce principale comprenait une cuisine, un grand séjour avec une cheminée ouverte imposante et même un coin-bar. Christa Stipsits se trouvait dans la cuisine. Sifkovits prit place au comptoir sur un tabouret haut en face d'elle.

— Prendrez-vous un café avec moi, monsieur le commissaire ? proposa Christa Stipsits.

Avant que le commissaire ne puisse décliner et demander comme toujours de l'eau bouillante, Christa Stipsits ajouta :

— Si vous buvez votre café avec du lait, je n'ai que du lait sans lactose à vous proposer. Je suis malheureusement intolérante au lactose, comme ma fille.

— Non merci. Je prendrai juste de l'eau bouillante, j'ai ma tisane avec moi, déclina aimablement Sifkovits.

— Quelle tisane buvez-vous ? se renseigna Bettina avec curiosité.

— De la tisane à l'herbe à fromages.

Bettina afficha un grand sourire.

— J'en bois aussi souvent. D'ailleurs, on en a ici.

Elle alla chercher un grand bocal avec un mélange d'herbes sur l'une des étagères de la cuisine. Sifkovits se montra étonné, et quelque peu troublé.

— C'est notre propre mélange. Je travaille à la pharmacie de Stegersbach, expliqua Bettina Stipsits. Nous faisons de temps à autre des mélanges de différentes sortes de thé. Essayez celui-ci, monsieur le commissaire.

Bettina versa quelques herbes du bocal dans une boule à thé. Une odeur agréable se diffusa dans la pièce. Sifkovits saisit la tasse et arpenta la salle de séjour.

— Vous avez une très belle maison, madame Stipsits. Vraiment spacieuse, remarqua-t-il.

— Oui. Mon mari aimait les grandes pièces lumineuses car dans son milieu professionnel, il était la plupart du temps dans une petite cave sombre, précisa la dame.

Sur le mur étaient accrochées de nombreuses photos de famille. Elles paraissaient harmonieuses, mais quelque peu surfaites... comme souvent les clichés de famille.

Une photo éveilla sa curiosité. Alois Stipsits posait devant son cellier, accompagné d'un homme du même âge environ. Les deux hommes s'étreignaient mutuellement par l'épaule et, de leur main libre, brandissaient une bouteille de Uhudler en l'air.

— Qui est-ce ? questionna Sifkovits en montrant l'homme au côté de M. Stipsits.

— C'est Roman Fabsits. Il travaillait auparavant avec mon époux, mais hélas, au fil du temps, il s'est davantage consacré à la consommation de l'alcool qu'à sa production. Ils ont cessé leur collaboration il y a environ un an, raconta Christa Stipsits au commissaire.

— Habite-t-il toujours dans le coin ?

— Pas à Burgauberg, répliqua Mme Stipsits. Il a une petite chambre à Stegersbach. J'ai entendu dire qu'il a sombré. Il se cloître entre ses quatre murs et ne sort presque plus. Mon mari était très patient, mais à un moment donné, ça n'allait plus du tout avec Roman.

— Cette tisane est vraiment délicieuse, complimenta le commissaire.

— Je vous l'avais bien dit ! se réjouit Bettina. Si vous voulez de la tisane à l'herbe à fromages à l'avenir, venez me voir à la pharmacie de Stegersbach.

— Avec plaisir, madame Stipsits.

— Bettina. Appelez-moi Bettina, s'il vous plaît. Sinon, cela me file un coup de vieux.

— Alors Bettina. Vous m'avez ouvert un univers complètement nouveau de tisane à l'herbe à fromages. D'habitude, je bois toujours celle des drogueries, avoua Sifkovits.

— Ce n'est pas comparable à la nôtre. Nous rajoutons un ingrédient secret.

— Lequel ? s'enquit Sifkovits, curieux.

— Je n'ai pas le droit de vous le dire, monsieur le commissaire. Sinon, il ne serait plus secret.

Sifkovits rit et entraîna Bettina dans son hilarité.

— C'est bien que vous arriviez à rire un peu après cet événement tragique, remarqua le commissaire.

— Et que nous reste-t-il d'autre, sinon ?

Bettina Stipsits avait visiblement traversé déjà pas mal d'épreuves.

— Quand auront lieu les funérailles de votre père ? poursuivit Sifkovits.

— Pas avant quelques jours. En ce moment, il y a énormément de décès. Vous savez sans doute déjà qu'il est né à Stinatz et souhaite être enterré là-bas, ajouta Bettina.

Sifkovits pouvait le comprendre. Lorsqu'on est né à Stinatz, on veut être enterré dans sa patrie, même si on a émigré à Chicago. On veut reposer dans le lieu d'où l'on vient. Beaucoup d'émigrants originaires du Burgenland parlaient toujours, en plus de l'anglais, le dialecte de leur enfance.

Lorsque Christa Stipsits ouvrit le réfrigérateur pour en sortir du lait, Sifkovits remarqua une quantité impressionnante de produits sans lactose : du beurre, de la crème fraîche, du yaourt, etc.

— Avez-vous toujours été intolérante au lactose ? C'est fort étonnant, toutes les maladies qu'il y a de nos jours. À mon époque, dans une classe, on avait peut-être un évangéliste, et c'était déjà quelque chose d'original, mais aucun intolérant au lactose, lança le commissaire avec un sourire suffisant.

Pour lui, cette maladie était une affaire de mode.

— Tant mieux pour vous ! rétorqua Christa d'un ton grave. Cela ne m'est apparu que depuis quelques années. Lorsque je bois du lait normal, cela me donne immédiatement des brûlures d'estomac. Un truc vraiment pas agréable.

Sifkovits tenta d'expliquer qu'il ne l'avait pas dit méchamment. La femme le prit avec humour.

— Alors, quel vin puis-je vous offrir ? proposa Mme Stipsits.

Le commissaire devint cramoisi.

— Je vous prie encore de me pardonner ma lamentable méprise…

— Non non, ce n'est pas grave, coupa-t-elle le commissaire. Dites-moi simplement ce qui vous ferait plaisir pour que vous ne soyez plus obligé de vous achalander chez Priela.

Sifkovits prit une profonde inspiration. Christa Stipsits n'entrait visiblement pas dans son petit jeu du « je suis si modeste que je n'accepterai rien en cadeau ».

— Bon… alors d'accord. Je choisis une liqueur de Uhudler.

— Je suis très heureuse de vous offrir un bon vin. Désirez-vous également une bouteille d'un vieux cru ? Mon époux était particulièrement fier de ceux-là.

Mme Stipsits ne faisait pas les choses à moitié.

Le commissaire exprima sa reconnaissance pour son offre et l'accepta volontiers. Christa envoya sa fille chercher le vin.

— Votre fille est très sympathique !

— Oui, c'est un véritable rayon de soleil. Avez-vous des enfants ? questionna Mme Stipsits.

— Non. Les enfants sont difficilement compatibles avec mon métier.

— Avec quel métier les enfants sont-ils facilement compatibles ? lança Christa.

— Bonne question. Lorsqu'on a de bons collaborateurs, c'est sans doute plus facile, suggéra le commissaire.

Mme Stipsits ne répliqua rien.

— Adrian Popescu m'a raconté que votre mari, une semaine avant l'accident tragique, s'était disputé avec le jeune Priela. Êtes-vous au courant ?

La réponse ne se fit pas attendre.

— Non ! Mais c'est tout à fait possible. Mon mari avait souvent des querelles avec le jeune Priela. Au sujet de la cave. Priela était d'avis que la cave aurait dû lui revenir après la mort de son père. Nous avons pourtant un document officiel stipulant qu'elle a été transmise à mon époux.

— Pourrais-je jeter un œil à ce document ?

Christa acquiesça furtivement. Elle ouvrit un grand secrétaire de style Biedermeier dans le séjour. Il contenait quelques classeurs de différentes couleurs. D'une chemise rouge, elle extirpa une feuille de papier imprimée.

— Tenez.

Sifkovits saisit le document. Il était élimé, et avait été plié et déplié à de nombreuses reprises.

— Puis-je le prendre en photo ? s'enquit-il.

— Pour quoi faire ?

— Il s'agit seulement d'un rapport pour mon supérieur. Comme je me trouvais sur le lieu où l'on a découvert votre mari, je dois fournir un compte-rendu à Eisenstadt.

Mme Stipsits dodelina de la tête.

— Je ne sais vraiment pas ce que cet accord et le jeune Priela ont à voir avec l'accident de mon époux, mais je vous en prie, faites.

Sifkovits sortit son appareil photo rose.

— C'est un appareil vraiment très particulier que vous avez là, monsieur le commissaire, s'amusa Christa Stipsits.

— Modèle Miss Piggy. Il y a même des jeux intégrés ! affirma Sifkovits avec une certaine fierté.

Il commençait à s'attacher à son appareil photo. Après quelques essais, il eut le document sauvegardé sur la puce.

Bettina revint avec le vin et le tendit au commissaire.

— Merci beaucoup, dit-il d'un ton excessivement chaleureux. Et merci aussi pour le temps que vous m'avez accordé. Je vous promets que je ne vous embêterai plus.

Bettina l'assura que sa visite ne les embêtait nullement.

Il prit congé et se dirigea vers la porte d'entrée. Après en avoir franchi le seuil, il fit volte-face encore une fois.

— Une dernière chose…

— Ouuui ? demanda Christa Stipsits.

— M. Popescu avait-il une clé de la cave ?

Mme Stipsits ne voyait que la tête du commissaire.

— Oui, je crois bien.

— Merci beaucoup.

Avant que la porte ne se referme sur ses gonds, ce fut au tour de Mme Stipsits de s'enquérir d'un dernier renseignement.

— Monsieur le commissaire, croyez-vous qu'il se soit passé quelque chose de louche lors de la mort de mon mari ?

En posant cette question, elle écarquillait ses grands yeux bleus.

— Madame Stipsits. Nous, les policiers, ne « croyons » fondamentalement rien, nous voulons « savoir » ! Et pour l'instant, nous ne savons rien concernant un crime en lien avec votre mari.

Mme Stipsits sembla soulagée par ces paroles.

— Merci, monsieur le commissaire.

Sifkovits traversa la cour intérieure. Il passa devant la fosse mécanique, s'immobilisa et se gratta le crâne sous sa casquette. Il descendit les quelques marches y menant et examina alentour avec beaucoup d'attention.

Lorsqu'il fut de nouveau installé dans sa Peugeot, il attendit un moment avant de tourner la clé de contact. Il cogitait. Quelque chose clochait dans cette histoire.

Le jeune Priela avait un problème avec le vieux Stipsits.

Adrian Popescu conduisait une Lada Taiga verte enregistrée à Arad. À Erfurt, il existait certes une discothèque nommée Prösterchen mais son gérant, là-bas, n'avait jamais entendu parler d'un certain Adrian Popescu. Même dans les vieux registres de l'établissement, il avait cherché le nom en vain.

Et puis, il y avait aussi le truc avec la fosse mécanique.

*

Peu après, Roman Fabsits reçut la visite d'un policier spécialisé dans les affaires criminelles.

8

— C'était un trouduc !

Roman Fabsits était assis sur un vieux canapé dans son petit appartement. Dans le séjour s'empilaient des cartons de pizza vides, des sachets de McDonald's, des boîtes de conserve de filets de hareng à la sauce tomate et une grande quantité de bouteilles de vin vides. Fabsits était un grand type efflanqué à la chevelure hirsute. Il portait un ensemble de jogging marron avec un logo du club allemand FC St. Pauli. Son visage était ridé et l'on voyait qu'il avait traversé pas mal de turbulences dans sa vie. Sifkovits était installé en face de lui dans un fauteuil maculé de taches. Fabsits ne mâchait pas ses mots quant à son ancien employeur.

— Un vrai trouduc. Vu de l'extérieur, il jouait les grands viticulteurs sociables qui aime discuter avec tout le monde, mais au fond de son cœur, c'était un…

Sifkovits le coupa.

— J'ai compris. Vous me l'avez déjà dit quatre fois.

Fabsits avala une gorgée de la bouteille de vin qu'il tenait à la main. Il buvait directement au goulot. Il s'agissait d'un Mousquetaire rouge. On pouvait lire sur l'étiquette *Récolte provenant de différents pays de l'UE.*

— Ce sont les meilleurs cépages combinés ensemble, expliqua Fabsits. 'Voulez aussi une gorgée, monsieur le commissaire ?

— Non, merci. Je suis en service, déclina Sifkovits.

— Bah, ça vaut mieux de toute façon, car d'ici à ce que je trouve un verre dans ma cuisine, le vin se sera déjà évaporé.

Fabsits s'esclaffa sur sa remarque, et le rire se mua immédiatement en une toux sifflante. Ce faisant, il découvrit une denture parfaitement alternée. Dent, trou, dent, trou.

Roman Fabsits n'avait pas mis les pieds chez un dentiste, comme dans sa cuisine, depuis belle lurette.

— Monsieur Fabsits, quand avez-vous vu Alois Stipsits pour la dernière fois ? interrogea le commissaire.

— Le jour où il m'a foutu dehors, répondit Fabsits avant de se taire un instant et de baisser la tête. Pour moi, le Lois est mort il y a un an, depuis bien plus longtemps qu'avant-hier.

Sifkovits le questionna sur la façon dont s'était passé le licenciement.

— Ça a été rapide et indolore. Nous nous sommes retrouvés dans la cave. Nous sommes montés dans la chambre où il passait souvent la nuit. J'ai pris la clé qui était posée sous une statuette à gauche de la petite fenêtre, j'ai déverrouillé la porte, il a arraché comme d'habitude le feuillet de son stupide éphéméride avec les proverbes, nous nous sommes versés un verre de vin et nous l'avons vidé. Je lui ai posé une question, il n'a rien répondu mais m'a lu le proverbe du jour sur son calendrier : *Certains collègues laissent derrière eux un vide qui les remplace parfaitement.* « Roman, ça ne va plus », a-t-il dit. Je me suis retourné sans un mot et je suis parti. Après tout ce que j'avais fait pour son affaire. Vous ne vous doutez pas de tout ce que je sais à propos de ce…

— … ce type, compléta Sifkovits. Vous pensez à la contrebande de Uhudler ? ajouta le commissaire.

— Bah, ça, tout le monde est au courant. Je me suis souvent rendu en Roumanie. Dans les Carpates. Une belle région, mais d'une pauvreté terrible. Là-bas, nous avions un homme de liaison. Près de Cluj…, précisa Fabsits en levant les yeux. Cluj. Ça ressemble au mot croate pour dire « clé ».

Fabsits avait raison sur ce point. Cependant, le mot croate pour « clé » possédait une orthographe différente de la ville en Transylvanie. Ključ, que l'on prononçait Klutsch.

— Bref, dans tous les cas…, reprit Fabsits, c'était à Cluj qu'on allait chercher notre vin. Les Roumains préparaient tout et nous nous contentions plus ou moins de le charger dans notre véhicule. Plus tard, à la fin des années 80, les Roumains conduisaient directement jusqu'à la frontière et nous prenions possession de la marchandise sur place. Un business du tonnerre. Les gens raffolaient du Uhudler, d'autant plus qu'il était interdit. Ça avait un petit côté Pablo Escobar, version régionale.

Fabsits s'esclaffa à nouveau.

— Pourquoi la Roumanie ? s'enquit le commissaire.

— C'était le moins cher ! répliqua Fabsits sans hésiter. Même en comptant le prix du transport, aucun autre pays d'Europe de l'Est ne pouvait rivaliser. Les douaniers étaient corrompus. Quelques-uns d'entre eux, au fil du temps, sont même devenus de bons copains. Avec de l'argent, à l'époque, tout était possible. Le rideau de fer était une véritable aubaine pour notre commerce, même si, en réalité, ce sont le Lois et le vieux Priela qui en ont essentiellement tiré profit, car moi, j'étais seulement leur coursier, mais à l'époque, cela me satisfaisait. C'était également leur idée, la contrebande de Uhudler.

Sifkovits se gratta le crâne sous sa casquette.

— Savez-vous quand le Uhudler a été interdit dans le Burgenland ? interrogea-t-il.

— Je crois que la première fois, c'était en 1938. Pendant longtemps, la légende a couru que le vin des producteurs directs contenait un fort degré d'huiles de fusel et de méthanol, ce qui le rendait nocif pour la santé. Dans les années 70, la production de Uhudler était limitée à un usage strictement personnel. « Boisson pour la maison », comme on l'appelait à l'époque. Au milieu des années 80, le coup de grâce a sonné pour le Uhudler. La tolérance de « Boisson pour la maison » a été supprimée dans le cadre du durcissement de la réglementation sur le vin en Autriche, à cause du scandale sanitaire du vin au glycol, et par conséquent, le Uhudler a été interdit. À cette époque, des milliers de litres de Uhudler ont été vidés et détruits par les inspecteurs viticoles. Le Stipsits et le Priela refusaient de céder. Jusqu'à la fin du rideau de fer, ils ont gagné beaucoup d'argent avec leur contrebande et ensuite, c'est devenu un peu plus difficile. Au début des années 90, le Uhudler a été de nouveau autorisé et la connexion avec la Roumanie a cessé.

Sifkovits notait tout dans son petit bloc-notes.

— Et à partir de là, les deux viticulteurs se sont à nouveau concentrés sur le Burgenland ? poursuivit-il.

— C'est ça. Ils ont géré la cave de Burgauberg ensemble et chacun a débuté séparément une production moderne. Au début, en collaboration. Mais progressivement sont apparus des frottements et des différences d'opinions en ce qui concernait la qualité du vin. Et je vais vous dire une chose : l'histoire avec la cave n'est pas nette du tout. Il n'y avait jamais eu le moindre doute qu'après la mort de l'un des producteurs, la cave reviendrait à ses enfants. Dans le cas de Priela, à Markus. Mais le vieux

Stipsits a bidouillé un truc et empoché la cave. Qui non seulement possède une valeur non négligeable, mais en plus, a son importance en tant que vitrine. À mon avis, le Markus Priela n'est sans doute pas mécontent que ce trouduc soit mort.

— Et vous ?

Sifkovits fixa longuement Fabsits droit dans les yeux.

— Moi non plus !

Sifkovits se souleva du fauteuil et ôta ses deux bras des accoudoirs sur lesquels il les avait posés. Ce n'était pas du sang qui était collé sur sa main droite, mais un reste de sauce tomate de filets de hareng. Il essuya discrètement la tache sur le dossier du fauteuil. Néanmoins, une légère odeur de poisson s'attardait sur sa main.

— Merci, monsieur Fabsits.

En sortant, Sifkovits faillit trébucher sur une famille de Mousquetaire rouge. Famille car il se trouvait parmi eux quelques procréateurs. Et des rejetons. Il se retourna encore une fois.

— Où étiez-vous avant-hier à 21 heures ? interrogea-t-il Fabsits.

— Pourquoi à 21 heures ?

— Car avant, Alois Stipsits était encore en vie. Il a appelé sa femme peu avant 21 heures.

— J'étais ici, monsieur le commissaire.

— Des témoins ?

— Oui, beaucoup. Le dernier était Armin Wolf[1], ensuite je n'étais plus très sobre.

Fabsits sourit. Sifkovits aussi. Avant qu'il ne franchisse le seuil de la porte, le commissaire fut arrêté par cette phrase :

— Il a également trompé sa femme. Avec une Roumaine.

Quel trouduc, songea Sifkovits.

— Ha ha. Et sa femme était au courant ? demanda-t-il à voix haute.

— Non. La Christa n'a jamais rien su. Elle était très occupée avec sa mère malade et sa fille.

Le commissaire revint de quelques pas dans le séjour de Fabsits.

— Monsieur Fabsits, de nos jours, il n'est malheureusement pas rare que les gens aient des relations extraconjugales et trompent leur partenaire, déclara Sifkovits en pensant malgré lui à sa femme au Kenya. Le commissaire Sifkovits était loin d'être parfait, mais il était fidèle.

— Vous avez raison, répliqua Fabsits. Moi aussi, j'ai trompé ma femme.

Il fit une pause assez longue.

— Mais jamais avec une mineure ! poursuivit-il.

---

1. Armin Wolf est un journaliste et présentateur de télévision autrichien très populaire dans son pays.

9

Sur la route vers la cave d'Alois Stipsits, Sifkovits réfléchissait aux paroles de Roman Fabsits. Apparemment, Stipsits avait eu une relation avec une jeune fille roumaine mineure. Elle s'appelait Valea, et Fabsits n'en savait pas davantage. Hormis que la relation avec Valea avait cessé au cours de l'année 1988. La famille de Valea n'était pas au courant de cette liaison avec le viticulteur et Fabsits avait émis le soupçon que Valea n'avait pas forcément accepté les avances du défunt de son plein gré. À cette époque, Valea devait avoir environ quatorze ans. Elle paraissait beaucoup plus âgée mais dégageait encore une aura de gosse.

Elle avait disparu du jour au lendemain. Une recherche intense de la police roumaine n'avait rien donné. On avait supposé qu'elle s'était enfuie pour commencer ailleurs une vie meilleure. Jusqu'à aujourd'hui, on n'en savait pas plus à son sujet. L'homme au sourire mi-édenté prétendait également que Valea avait rendu visite à Stipsits en Autriche. La femme de Stipsits était très souvent absente à cette époque, car sa mère malade requérait sa pleine attention. De plus, Bettina était en bas âge, et la maison de la famille Stipsits en cours de construction. Celle-ci s'était achevée en 1988.

*

La Peugeot de Sifkovits s'immobilisa avec un crissement de freins effroyable devant la cave. Le commissaire commença par l'inspection du cellier. C'était une pièce sombre avec six fûts. Le ventilateur à gaz viticole était en marche. La salle donnait l'impression qu'il ne s'y était rien passé. Le sol sous ses pieds ne trahissait nullement que seulement deux jours plus tôt, un corps sans vie y gisait. L'atmosphère de la pièce était lourde, et la lumière faiblarde renforçait cet aspect. Le commissaire quitta la cave et se faufila vers la petite chambre à l'étage. La clé se trouvait à l'endroit que lui avait décrit Fabsits.

La chambre était minimaliste, sans aucune décoration. Un lit, un réfrigérateur, un petit évier et l'éphéméride aux feuillets à arracher. Il affichait la date du jour précédant la mort d'Alois Stipsits. Il n'avait donc pas arraché la feuille. À moins qu'il n'ait pas du tout mis les pieds dans la chambre ce jour-là ? Dans l'évier étaient posés deux verres ballon sales. Le vin au fond avait déjà séché.

Sur le smartphone de Sifkovits arrivèrent deux SMS indiquant deux appels en absence. Il reconnut le numéro et rappela.

— Pourquoi votre téléphone portable était-il éteint ? s'enquit Taschner.

— Désolé, monsieur le commandant, j'étais peut-être dans un endroit où le réseau ne passait pas, expliqua le commissaire pour tenter de se justifier.

— Un policier doit toujours être joignable. Veuillez en prendre note !

— J'en prends note.

— Alors, comment ça avance avec le vol des poules à Olbendorf ? l'interrogea son supérieur.

— Bien. Je suis sur une piste qui pourrait se révéler plus ou moins intéressante.

— J'espère pour vous que ce sera « plus ».

Taschner escomptait donc des résultats sous peu.

— Monsieur le commandant, si vous espérez que ce sera « plus », j'aimerais vous prier, en toute logique, de m'accorder « plus » de temps.

Il y eut un silence à l'autre bout du fil.

— Monsieur le commandant ? relança Sifkovits après quelques secondes.

— Faites-moi grâce de votre cynisme, monsieur Sifkovits. Des résultats. Rapidement. Et pas d'enquête sur l'affaire Stipsits. Compris ?

— Plus que compris, monsieur le commandant.

Sifkovits n'avait pu s'empêcher de sortir cette remarque.

Taschner raccrocha.

Le commissaire jeta un coup d'œil à son smartphone. La barre de réseau se trouvait environ au milieu. Dehors, le niveau augmenta. Plus Sifkovits se rapprochait de la cave, plus le signal était faible. Devant la cave, il n'y avait plus qu'une barre et à l'intérieur, celle-ci avait entièrement disparu. Sifkovits essaya d'appeler sa mère. Le téléphone ne put établir de connexion.

Peu avant de remonter dans sa voiture, Sifkovits repensa aux traces de pas. Il retourna à l'endroit où il les avait découvertes la veille. Elles étaient encore là, certes moins prononcées, mais toujours visibles. Miss Piggy documenta les traces pour l'éternité. Le créateur de ces empreintes devait être un individu de grande stature. Au moins un mètre quatre-vingt-dix. Donc certainement pas le défunt, qui mesurait peut-être un mètre soixante-sept. La taille correspondait à une pointure d'environ 47 ou 48.

Dans l'esprit de Sifkovits surgit instantanément un homme susceptible d'avoir une telle pointure. Il avait fait sa connaissance la veille. Il s'appelait Markus et vendait du Uhudler.

10

Il était 17 heures tout juste sonnées quand Sifkovits arriva au domaine viticole Priela. Il pénétra en hâte dans le bureau vitré du producteur de vin, car dans la soirée, le commissaire avait d'autres obligations prévues. Il devait conduire sa mère à Olbendorf pour récupérer à l'auberge Javorics, qui faisait aussi traiteur, des *Wiener Schnitzel* pour le dîner. D'après sa mère, c'était là qu'on vendait les meilleures escalopes de poulet dans tout le Burgenland du Sud. « Ils les font cuire dans du saindoux comme il se doit », avait affirmé Baba.

Markus Priela était un homme séduisant de grande stature – près d'un mètre quatre-vingt-quinze. Il se trouvait dans son bureau moderne en train de signer quelques documents que lui tendait l'une de ses employées. Il apposait sa signature au bas des feuilles avec fougue, voire un certain art. Il utilisait pour ce faire un stylo plume sophistiqué qu'il tenait de la main gauche.

Le bureau vitré offrait une vue impressionnante sur le paysage vallonné alentour. Seul le pan de mur derrière le secrétaire de Priela n'était pas en verre. D'innombrables distinctions, prix et récompenses y étaient affichés.

Sifkovits resta en silence près du seuil de la porte pour ne pas déranger Markus Priela dans son travail. Lorsque le viticulteur aperçut son visiteur singulier, il l'invita à entrer.

— Je vous souhaite la bienvenue, monsieur le commissaire. Votre cellier est-il déjà vide ? s'enquit Priela.

— Bonjour, monsieur Priela.

Sifkovits s'approcha de lui.

— Non, pas tout à fait encore. D'ailleurs, votre liqueur est vraiment exceptionnelle.

— Oui, nos efforts vont dans ce sens. Je vous en prie, prenez place.

Il désigna un fauteuil.

— Monsieur Priela, je ne voudrais pas vous déranger dans votre travail…

— Non, vous ne me dérangez absolument pas !

Dans un élan, Priela se redressa vers son employée.

— Susanne, apportez donc au commissaire un petit verre de liqueur de Uhudler, déclara-t-il.

— Non, je vous remercie, monsieur Priela, mais je suis en service, objecta Sifkovits.

— Eh bien, raison de plus. Comme ça, le travail passera mieux.

Le commissaire s'efforça d'expliquer au viticulteur que ce n'était vraiment pas possible et qu'il devait respecter le protocole.

— Je ne prendrai qu'une tasse d'eau chaude. J'ai déjà le thé avec moi.

— Vous avez déjà le thé avec vous ? répéta Priela, visiblement impressionné. Je trouve ça super. Moi aussi, j'ai toujours mon vin avec moi lorsque je suis invité quelque part. Pour convaincre les gens. La plupart s'approvisionnent déjà chez moi, de toute façon. Ils s'y connaissent maintenant. Et quel thé buvez-vous ?

— De la tisane à l'herbe à fromages, précisa Sifkovits.

Priela fronça les sourcils.

— Je vois. Si je vendais ça, mon entreprise aurait déjà fait faillite.

Priela sourit de sa propre boutade.

— Vous avez un bureau magnifique, monsieur Priela. Grâce aux vitres, la pièce paraît conviviale et accueillante. Comparée à notre bureau d'Eisenstadt par exemple… La pièce n'est pas moche au sens classique du terme, mais la lumière ne la met pas en valeur.

Priela sourit d'un air malicieux de la formulation du commissaire.

— Je vous ai compris, monsieur Sifkovits. Dans mon métier, on fait très attention aux apparences. Le Uhudler bataille toujours avec son image. Piquette, vinasse, eau de vaisselle et mort aux rats sont quelques-uns des préjugés les plus inoffensifs contre lesquels nous devons lutter. Vous connaissez probablement la blague : « Un client demande à un producteur de Uhudler : "Votre vin est-il toujours aussi mauvais ?" À quoi le producteur répond : "Non ! Le mardi, nous prenons un jour de congé." »

Sifkovits ne put s'empêcher de rire. Priela ne rit pas. Le commissaire tenta immédiatement d'infléchir les commissures de ses lèvres vers le bas.

— C'est bon, monsieur le commissaire. Moi aussi, au début, je trouvais la blague amusante. Je l'ai davantage entendue que « puis-je me resservir un peu ? » si vous comprenez ce que je veux dire.

Sifkovits acquiesça.

— Je me suis fixé comme objectif de montrer le Uhudler sous un autre jour. Bien sûr, le Uhudler ne deviendra jamais un bordeaux Château Haut-Brion, mais l'histoire derrière notre cépage, la philosophie du Uhudler possèdent une raison d'être et il doit revendiquer sa place dans l'industrie viticole.

L'explication du producteur de Uhudler semblait pertinente à Sifkovits.

— Je vous comprends bien, monsieur Priela. Il en va de même pour la tisane à l'herbe à fromages. Soit on la déteste, soit on l'adore, répondit le commissaire.

— Sans vouloir vous vexer, monsieur le commissaire, je crois que pour la tisane à l'herbe à fromages, la proportion des détracteurs est bien supérieure à la nôtre. Lorsque je bois un truc pareil, j'ai quasiment un *shitstorm* dans la bouche. Nous, en revanche, avons déjà réussi à faire basculer l'opinion et nous sommes bien partis pour que le *shitstorm* au sujet du Uhudler se transforme en orgasme.

Le commissaire écoutait en sirotant.

— De plus, nous produisons beaucoup d'autres produits à partir de notre cépage. Cela fait bien longtemps que le Uhudler ne se contente plus d'être une boisson, continua Priela.

— Je sais, lança Sifkovits. Quand on s'applique de la crème de Uhudler sur le visage, on connaît ensuite l'ivresse.

Cette fois-ci, Priela ne put réprimer un gloussement.

— Excusez-moi cette plaisanterie. Je remarque que vous avez vraiment développé une passion pour votre produit. Alois Stipsits voyait-il les choses de la même façon ? s'enquit le commissaire.

— Non. Je ne crois pas. Alois Stipsits s'est endormi à la fin des années 80 et ne s'est plus jamais réveillé. Lorsque le vent du changement souffle, certains construisent un mur et d'autres des moulins à vent.

Sifkovits comprit à quoi le jeune viticulteur faisait allusion. Le commissaire était constamment confronté à des personnes qui se braquaient contre les nouvelles évolutions. Dont une qu'il connaissait très bien : lui-même.

Combien d'individus ont commis des erreurs de jugement au cours de l'histoire ? « Un téléphone portable sans touche ne marchera jamais », « Les gens ne seront jamais assez bêtes pour aller dans un magasin de meubles où l'on doit monter soi-même ses meubles », « Comment vous appelez-vous ? Les Beatles ? Votre groupe n'arrivera jamais à percer. »

— Pourriez-vous me parler de votre relation avec Alois Stipsits, s'il vous plaît ? poursuivit le commissaire.

Priela fit une légère moue et haussa les épaules.

— Bien. Comme vous le savez sans doute déjà, mon père a travaillé avec Alois Stipsits. Naturellement, nous avons tous été bouleversés par ce décès tragique. Ce genre d'accident arrive hélas fréquemment. En particulier auparavant, quand les normes de sécurité en étaient encore à leurs balbutiements. Personnellement, j'ai énormément investi dans la sécurité. Chez nous, un tel accident ne peut tout simplement pas se produire, concrètement, dans le pressoir.

— On peut dire objectivement que le chai de M. Stipsits est très vieux, renchérit le commissaire.

— Tout à fait. Pourtant, il aurait eu l'argent pour mettre à jour les standards de sécurité. C'est ce qu'avait toujours voulu mon père.

— Votre père et M. Stipsits géraient auparavant le chai au toit de chaume ensemble, n'est-ce pas ? vérifia Sifkovits quelque peu naïvement.

— Correct. Cette boutique représentait évidemment une enseigne prestigieuse pour tous deux. Mais après la mort de mon père, j'ai été très content que le vieux Stipsits la reprenne. Je n'aurais vraiment pas eu le temps de m'en occuper.

— Il n'y a donc pas eu d'arnaque ? insista le commissaire.

— Non.

Sifkovits savait que Markus Priela était en train de dire un mensonge.

— La cave n'aurait-elle pas dû vous revenir ?

— Si. Mais j'y ai renoncé de mon plein gré.

Le commissaire accorda également peu de crédit à cette affirmation.

— Existait-il une concurrence entre vous et Alois Stipsits ?

Le jeune Priela se leva de son fauteuil et regarda le paysage vallonné. Il croisa les bras derrière son dos. Sifkovits regarda ses chaussures. La pointure pouvait correspondre.

— Bah, qu'appelle-t-on concurrence ? Non..., enfin, je veux dire... si, bien sûr, dans un lieu aussi petit avec deux viticulteurs qui produisent le même vin, il existe toujours de légers conflits de territoire, mais je ne parlerais pas pour autant de concurrence.

Depuis que j'ai repris l'affaire récemment, elle s'est développée de manière phénoménale. Nous cherchons de nouveaux marchés. Nous avons misé davantage sur le marketing et la publicité. Quelque chose que M. Stipsits – paix à son âme – n'avait pas initié dans une telle mesure.

Sifkovits se plaça à côté du viticulteur. Le soleil qui commençait à décliner baignait la nature d'une lumière douce. Aux pieds des deux hommes s'étendait le village de Burgau. Pour un instant, le monde sembla envahi de paix. Sifkovits devait troubler cette sérénité car il avait déjà reçu sur son téléphone deux appels en absence de sa mère.

— Quand avez-vous vu M. Stipsits pour la dernière fois ? demanda-t-il au jeune Priela.

— Il y a environ une semaine. Je lui ai rendu visite dans son cellier et nous avons discuté brièvement.

— À quel sujet ?

— S'agit-il d'un interrogatoire ?

Priela se tourna vers le commissaire.

— Non. J'ai seulement besoin de ces informations pour mon compte-rendu car je me trouvais par hasard sur les lieux où l'on a découvert le cadavre, durant mon service en tant que policier.

Priela, Dieu merci, eut l'air satisfait de cette explication.

— Si je me souviens bien, nous avons discuté d'une idée, qui était d'inviter des viticulteurs de toute l'Europe qui produisent et vendent en direct, pour organiser une foire aux vins. Dans le genre de la foire à l'huile d'olive qui a lieu à Trieste. Stipsits avait de bons contacts avec les pays de l'Est. Là-bas, il existe également beaucoup de producteurs qui vendent directement aux particuliers.

— Ça semble une bonne idée, approuva Sifkovits.

Lorsqu'il lui demanda si la discussion avait dégénéré en altercation, le producteur nia. *C'était le mensonge de trop*, songea le commissaire. Son smartphone sonna encore une fois.

Sans même regarder l'écran, il décrocha.

— Oui maman ?... Je serai là sous peu... Non, ça ne me dérange pas qu'ils nous accompagnent. À tout à l'heure.

Ainsi, Sifkovits ne conduirait pas seulement sa mère jusqu'à Olbendorf, à l'auberge Javorics, mais également la Hilda et la Resl.

— Je dois y aller, malheureusement, monsieur Priela. Merci pour le temps que vous m'avez accordé.

— Il n'y a pas de quoi, monsieur le commissaire.

Les hommes se serrèrent la main. Priela avait une poigne vigoureuse.

— Juste une dernière...

— Oui, monsieur le commissaire ?

— Où étiez-vous avant-hier à 21 heures ?

Priela s'approcha du commissaire.

— Pourquoi ? Suis-je suspecté ? Je croyais que c'était un accident !

— C'en était un. C'est juste pour mon compte-rendu.

Cette fois-ci, Priela remarqua que le commissaire ne lui disait pas toute la vérité.

— J'étais dans la brasserie de mon domaine et j'y ai officié. Je suis rentré chez moi peu après minuit. Mon épouse peut le confirmer.

— Merci beaucoup. Au revoir. Voici ma carte de visite, au cas où vous vous souviendriez d'autre chose.

Priela saisit la carte et tressaillit.

— Celle-là, je l'ai déjà, s'exclama-t-il, car c'est la mienne !

— Oh, désolé, voilà que ça m'arrive de nouveau, s'excusa le commissaire.

Il farfouilla frénétiquement dans les poches de son pantalon jusqu'à ce qu'il trouve la bonne carte.

— C'est pas grave, monsieur le commissaire. Cela me fait plaisir si vous distribuez ma carte.

— Merci pour votre temps.

Sifkovits quitta le bureau. Priela resta encore debout à contempler la vue à travers la baie vitrée. Son visage affichait une expression songeuse. Il était si profondément plongé dans ses pensées qu'il ne remarqua même pas Sifkovits quand celui-ci revint dans son bureau.

— Pardonnez-moi.

Priela sursauta en voyant l'homme dans sa veste grise à côté de lui.

— Je vous en prie. Quoi encore ?

— Vous étiez dans votre brasserie bien qu'il pleuve et grêle ?

— Oui. Chez nous, on peut également s'asseoir à l'intérieur, répliqua Priela avec une pointe de cynisme.

— Est-ce que le réseau cellulaire téléphonique passe dans votre établissement ?

— Oui, partout !

L'insinuation cynique devint plus prononcée.

— Merci. Au revoir.

En proie au doute, Priela suivit le commissaire du regard. Il attendit que la Peugeot verte ait quitté les lieux, puis se dirigea vers son secrétaire. Il appuya sur une touche de son téléphone fixe. Une voix féminine répondit.

— Susanne, envoyez-moi Malek. Immédiatement !

Quelques minutes plus tard, un homme en tenue de travail se présenta dans le bureau de Priela. Le viticulteur posa la main sur l'épaule de l'homme.

— Malek, j'ai besoin de ton aide !

Cela ne sonnait pas comme une demande, mais plutôt comme un ordre.

— Oui, chef. Toujours. Comment aider moi ? demanda Malek dans un allemand décousu.

Il s'efforçait de parfaire sa maîtrise de l'allemand par des cours du soir. Malek accomplissait de grands progrès. Cependant, il n'avait encore jamais entendu le mot « alibi ».

11

Une Peugeot 206 pleine freina devant l'auberge Javorics à Olbendorf avec des grincements retentissants. Il était déjà 18 h 37 et pendant tout le trajet, Sifkovits avait dû écouter sa mère pester qu'ils étaient terriblement en retard. En outre, sa mère et les autres passagers connaissaient une histoire tragique pour chaque jalon de l'itinéraire.

— Ici, il faut ralentir, car c'est dans ce virage qu'un conducteur a dérapé il y a dix ans. Après un choc violent contre un poteau électrique, il est passé à travers le pare-brise de son véhicule et s'est empalé sur la clôture métallique qui se trouvait juste là. Dieu merci, le médecin du village était précisément en consultation à domicile chez la famille avec le jardin grillagé, et l'homme a pu être sauvé *in extremis.*

À un autre endroit, Mme Grandits se remémora avec émotion que des moutons avaient traversé la route. Une auto avait dû braquer à la dernière minute pour les éviter et s'était encastrée dans le salon de coiffure juste à côté. Trois des quatre clientes qui s'y trouvaient à ce moment-là avaient réussi à se mettre à l'abri, mais la quatrième avait été piégée. La dame avait failli s'étrangler avec une sucette glacée en forme de Schtroumpfette mais Dieu merci, la pénétration brutale du sachet en plastique dans la gorge avait déclenché une nausée, et seuls les intestins de son chien assis dans un coin avaient totalement lâché.

Mme Resetarits décochait tous les 150 mètres environ :

— Là, ralentis, Schiffi, car ils sont toujours postés ici. Une fois, j'ai été arrêtée avec mon mari par la police à cet endroit. Il était complètement bourré. Heureusement, le policier était plutôt humain. Ça doit bien exister aussi. Il a demandé à mon mari si sa femme pouvait conduire jusqu'à la maison. Mon mari a dit oui. Quand il est revenu vers moi, il m'a murmuré : « Ne pose pas de question ! Mets-toi simplement derrière le volant et démarre. » Je n'ai posé aucune question et j'ai démarré. Dieu soit loué. Car moi aussi, j'étais complètement bourrée.

— Et elle n'a pas le permis de conduire, précisa la mère de Sifkovits.

*

Sifkovits s'arrêta devant l'auberge. Déterminées et impatientes, les trois vieilles dames sortirent de voiture.

— Il faut que je vienne ? s'enquit Sifkovits.

— Non, Spatzl. Tu peux laisser tourner le moteur. Les *Wiener Schnitzel* sont commandés. Nous revenons dans un instant, lâcha sa mère avant de franchir la porte d'entrée avec sa bande.

Au bout de 17 minutes, Sifkovits éteignit le moteur.

Au bout de 39 minutes, Sifkovits ralluma le moteur.

Baba et les autres dames avaient encore « un peu » papoté avec Alfred, le restaurateur.

Les escalopes étaient encore fumantes lorsque la Peugeot verte se mit en route pour le trajet du retour. De la buée se formait sur les vitres à l'intérieur. Une odeur alléchante de gras et de salade de pommes de terre se répandait dans l'habitacle. L'auberge Javorics s'éloignait dans le rétroviseur arrière lorsque soudain, la mère de Sifkovits ordonna à son fils de s'arrêter sur-le-champ.

— Stop ! cria-t-elle.

Sifkovits enfonça immédiatement le pied sur la pédale de frein.

Une partie des frites de Mme Grandits se déversa de la boîte en polystyrène et atterrit dans le vide-poche devant le levier de vitesse.

— Qu'y a-t-il ? demanda-t-il.

— Recule un peu. J'ai aperçu derrière la maison une vigne-goutte, ordonna sa mère.

La vigne-goutte est une très jolie plante, la passion secrète de toutes les sorcières herboristes, dont faisait partie sa mère.

— Et pourquoi as-tu besoin de ça maintenant ? Les schnitzels vont refroidir. Allons-y, déclara Sifkovits pour essayer de convaincre Baba.

— J'en ai besoin pour mes sauces. Quand je prépare de la viande de bœuf. Et puis, c'est bon contre ma bronchite, et quand je n'arrive pas à aller aux cabinets, c'est un vrai remède miracle.

— Cueilles-en aussi pour moi ! s'écria Mme Grandits.

— Et moi aussi, lança Mme Resetarits en canon.

Il ne restait plus au commissaire qu'à patienter à nouveau.

Pendant que Barbara Sifkovits procédait à sa cueillette méticuleuse de vigne-goutte derrière l'auberge, elle remarqua soudain une personne qui sortait par la porte arrière. Quelque chose semblait se tramer là. Elle se plaqua contre le mur de la bâtisse et prêta l'oreille à la dérobée.

— Alors, tu en as combien pour moi aujourd'hui, Kikki ? fit une voix.

— Cinq. Mais on va réduire un peu. Mon mari a déjà prévenu la police, répondit une autre voix.

— Pfff. Ils ont autre chose à faire que s'intéresser à ce genre de trucs, souffla la voix numéro un.

— Si si. Il y a déjà un gars des affaires criminelles qui est passé chez nous. Un drôle de type. Plutôt inoffensif. Buvait que du thé, rétorqua la voix numéro deux.

— Te fais pas de bile, Kikki.

— T'as raison. Ça donnera rien.

Il devait apparaître que Kikki avait tort.

12

— Pardon, maman, mais tu es sérieuse ? Sifkovits n'arrivait pas à croire ce que sa mère venait de lui raconter. Ils étaient assis dans la cuisine de Baba à Stinatz et dînaient de *Wiener Schnitzel* tièdes. Accompagnés de frites et salade de pommes de terre. Certes, le commissaire aurait préféré du riz, à des fins de diversité alimentaire, mais dans sa relation avec sa mère, il avait dû apprendre à faire des compromis. Car cela partait d'une bonne intention. Le terme de salade n'était pas tout à fait approprié pour cette bouillie de patates largement assaisonnée de sucre. Mais la salade restait de la salade. Aux yeux de sa mère, une salade représentait le composant sain d'un repas. Peu importait que ce soit une salade de roquettes, de carottes ou de pâtes. Le commissaire était installé à la place où il avait toujours mangé étant gosse. Dans le coin juste en dessous du crucifix. Entre-temps, la statue de la Vierge et le Sauveur sur la croix avaient été rejoints par quelques chapelets et par le faire-part de décès de son père. Sa mère avait choisi pour ce dernier une phrase de l'Évangile selon saint Jean : « Je m'en vais pour vous préparer une place. »

Dans le poêle à bois crépitait une flambée car en cette saison, dans les maisons isolées, on devait déjà chauffer. Cela sentait le bouleau dans la cuisine chaleureuse et très bien astiquée.

— Oui, j'en suis sûre et certaine, confirma la mère de Sifkovits. Je l'ai entendu haut et fort.

Son fils bondit joyeusement de sa chaise. Il se cogna la tête contre l'étagère où était posée la Sainte Vierge. Celle-ci vacilla brièvement mais au lieu de tomber par terre, recouvra son équilibre après avoir visiblement beaucoup tergiversé.

— Maman ! Je t'adore. Tu es un génie, exulta le commissaire.

— Je sais. Malheureusement, je suis constamment obligée d'en convaincre certains membres de la famille.

Sifkovits reprit place, satisfait.

— Puis-je avoir encore un schnitzel ? Maintenant, je les trouve encore meilleurs.

— Prends-en autant que tu veux.

Baba ouvrit le four de son poêle à bois. Là se trouvait un vieux plat carré dans lequel elle gardait les escalopes au chaud. Baba plaqua un autre morceau dégoulinant de saindoux dans l'assiette de son fils.

— Spatzl, juste pour que tu saches : j'ignore ce dont ils parlaient chez Javorics. Je sais seulement qu'il s'agissait de quelque chose d'illégal.

Sifkovits enfourna un gros morceau dans sa bouche.

— C'est pas grave, maman. Moi, je sais ce dont il s'agit !

Ravi, il reprit des frites et de la salade « saine ».

— Seras-tu encore là dimanche ? s'enquit sa mère.

— Oui, pourquoi ?

— Eh bien, comme ça, tu m'accompagneras à la messe. Elle sera donnée en l'honneur du vieux Stipsits.

— Il faut vraiment que j'y aille, maman ?

— Oui.

La réaction de Baba ne laissait place à aucun doute.

— Alors, à quelle heure commencent les réjouissances ? soupira Sifkovits.

— On ne va pas se réjouir. À 8 heures. Le David aime bien faire la grasse matinée. J'espère juste que je ne devrai pas lire de prière d'intercession.

David Grandits était le curé officiel de Stinatz. Il devait s'occuper d'autres paroisses en sus de la sienne, car il y avait une énorme pénurie de prêtres. En particulier à la campagne. Le célibat effrayait beaucoup d'hommes croyants et les détournait d'un engagement au service de l'Église.

David et Schiffi avaient fréquenté l'école ensemble. Bien que leurs chemins se soient séparés par la suite, leur amitié avait perduré jusqu'à présent. Sifkovits appartenait depuis toujours à l'Église catholique. Il payait la taxe cléricale, mais pas de redevance télé.

— J'œuvre volontiers pour l'Église, Spatzl. Mais j'aimerais bien profiter de la messe, pour changer. Juste y assister, sans participer, râla Baba.

— Eh bien, dis non alors !

Sa mère secoua énergiquement la tête.

— Nan, pas possible. Si c'est pas moi qui m'y colle, ce sera personne. On est presque arrivés, grâce au David, à redresser les chiffres de fréquentation de l'église à 80 %. Mais pour ce dimanche, je vais rester ferme. David pourra aller se brosser. Aucune prière d'intercession ne sortira de ma bouche.

Des bruits de pas leur parvinrent de la cour intérieure de la maison. Quelques secondes plus tard, un homme sympathique surgit dans le repaire de Baba.

— David ! Quand on parle du soleil, on en voit les rayons, lança Baba.

— Dieu et moi vous saluons. Quelle chance de vous trouver tous deux ici, répondit David.

Baba l'invita à prendre place à la table et lui proposa un schnitzel. David accepta les deux avec enthousiasme. En mâchant et se délectant, il loua la qualité des schnitzels.

— Divins. Ils viennent de chez Javorics, pas vrai ?

Mère et fils acquiescèrent.

— Ce sont les meilleures escalopes de poulet de tout le Burgenland du Sud, confirma David, ravi.

La mère de Sifkovits commençait, lentement mais sûrement, à flairer un loup.

— Tu es venu pour le dîner, David ?

Le curé posa sa fourchette sur le côté.

— Bonne chose que tu amènes le sujet, Baba. Puis-je me permettre un compliment, au fait ? Tu as vraiment l'air d'avoir rajeuni aujourd'hui, Baba !

— La suite... ! ordonna Baba à David.

Le curé joignit ses mains.

— Baba, j'aimerais commencer par un verset de la Bible : « S'il y a chez toi quelque indigent d'entre tes frères, dans l'une de tes portes, au pays que l'Éternel, ton Dieu, te donne, tu n'endurciras point ton cœur et tu ne fermeras point ta main devant ton frère indigent. Mais tu lui ouvriras ta main, et tu lui prêteras de quoi pourvoir à ses besoins... »

— C'est bon, David.

Mme Sifkovits coupa le curé.

— Combien de prières d'intercession dois-je lire ?

— Trois, répliqua le curé du tac au tac.

— D'accord, je le ferai. Mon fils viendra aussi.

— Quoi ? Je n'ai pas encore dit oui, objecta Sifkovits, sur la défensive.

— Le David se réjouirait, pas vrai ?

— Et comment !

De joie, le curé se resservit un schnitzel.

— Aimerais-tu également lire une prière d'intercession ? demanda l'ancien camarade de classe de Schiffi, la bouche pleine.

Le commissaire réfléchit quelques instants. Puis il jeta un coup d'œil à sa mère.

— Spatzl, nous sommes une grande famille.

En soupirant, le commissaire accepta.

— Formidable. Combien ? Trois, toi aussi ? suggéra David.

— Juste une.

— Deux.

— Marché conclu !

Baba rajouta quelques bûches dans le poêle. La chaleur se diffusa rapidement dans la petite pièce.

— Quand aura lieu l'enterrement du vieux Stipsits ? s'enquit le commissaire.

— Mardi.

— Pas avant ? lança Sifkovits, étonné.

— Schiffi, je suis complètement débordé par mon boulot. Dès que le soleil se couche, ils tombent comme des mouches. Et ça ne fait que commencer : le temps de compter jusqu'à trois, ce sera déjà la période de l'Avent. Tu ne peux même pas t'imaginer combien de croissants à la vanille de Noël je suis obligé de m'enfiler. Tout le monde organise une fête de l'Avent, je dois être partout et écouter leurs histoires. Je le fais volontiers mais au plus tard le deuxième dimanche de l'Avent, les croissants à la vanille me sortent par tous les trous. Combien de fois ai-je mordu dans l'un d'eux en rêvant que ce soit du jarret de porc ?

David n'avait donc pas la vie facile non plus.

— Où se trouve le vieux Stipsits, en ce moment ?

— À la morgue de Stegersbach, indiqua David en transférant un troisième schnitzel dans son assiette.

— Tu y as tes entrées ?

— Oui. En tant que curé, bien sûr.

— Peux-tu m'y donner accès ? s'enquit Sifkovits.

— Non.

— Pourquoi pas ?

— Parce que c'est interdit, Schiffi. En tant que prêtre, j'agis selon des principes éthiques. Le repos des défunts doit être respecté.

— Crois-tu vraiment que ça puisse déranger le vieux Stipsits ?

— Là n'est pas la question, Schiffi…

— Où est la question, alors ? insista le commissaire.

— La loi punit toute personne qui détruit ou endommage un lieu de recueillement, d'inhumation ou un monument funéraire public, ou qui y commet des actes répréhensibles.

— Je ne veux rien détruire, ni commettre d'actes répréhensibles sur le vieux Stipsits, j'aimerais juste y jeter un coup d'œil.

Mais cela ne parvint pas à convaincre David.

— David, tu viens juste d'évoquer de « ne point endurcir son cœur et secourir son frère dans le besoin ».

David Grandits déclama les phrases suivantes d'un trait comme s'il les connaissait par cœur, en reprenant à peine sa respiration.

— Je vais te dire un truc, Schiffi. En tant que prêtre, je dois m'en tenir aux lois ecclésiastiques. Pour remplir la mission pastorale dans une paroisse, qui inclut la pleine cure des âmes, l'exercice du ministère sacerdotal est absolument nécessaire. Outre la communion ecclésiale, le droit canonique exige expressément, comme condition de la nomination valide d'un curé, qu'il ait été ordonné prêtre. Un véritable amour de ses ouailles oblige donc le prêtre à une surveillance attentive et bienveillante, en plus du soutien à tous et chacun de ses collaborateurs. Dans certaines régions où existent différents groupes linguistiques de fidèles, à moins qu'une paroisse spécifique ou une autre solution appropriée n'ait été mise en place, le curé de la paroisse territoriale, en tant que prêtre légitime, veillera à respecter les besoins particuliers de ses ouailles, notamment en ce qui concerne leurs spécificités culturelles. Par conséquent, le repos des défunts est sacré et inviolable.

David reprit son souffle. Son visage était plus rouge que le ketchup sur son assiette.

— O.K. C'est compris. On part quand ? s'enquit le commissaire.

— Tout de suite !

— Attendez, lança Baba, retenant les deux amis. Prenez quelques schnitzels pour la route.

Avec des schnitzels enroulés dans du papier alu, les deux hommes quittèrent l'antre bien chauffé.

*

Douze minutes plus tard, Sifkovits posait les yeux sur un cadavre masculin.

13

On avait beau retourner les choses dans tous les sens, une morgue n'était décidément pas un endroit particulièrement accueillant. *A fortiori* si l'on considère que tout le monde, c'est-à-dire chacun d'entre nous, y séjournera un jour ou l'autre.

Alois Stipsits se trouvait dans la cellule numéro 9. Sifkovits enfila une paire de gants en latex et examina le cadavre. Pendant ce temps, David s'entretenait avec le gardien. Il avait fait entrer Sifkovits en douce par la porte de derrière. Cette dernière était quasiment toujours ouverte, car le gardien était un fumeur à la chaîne. « Ne t'éternise pas. Si quelqu'un te chope là-dedans, j'aurai de gros ennuis » : telles avaient été les paroles de David.

Sifkovits ne put rien déceler de louche sur le cadavre. La blessure du crâne causée par la chute lui semblait plausible. Il repoussa Alois Stipsits dans son compartiment obscur.

Sifkovits ouvrit prudemment le casier numéro 9 où avaient été rangés les vêtements de Stipsits. Ils y étaient tous. L'imperméable, la chemise à carreaux, les bottes en caoutchouc et le jean : aucun ne manquait. Sifkovits fouilla dans les différentes poches mais ne trouva rien : elles étaient vides. Cependant, dans un sachet en plastique, étaient disposées deux bagues : l'alliance du défunt et une chevalière rouge. À l'intérieur de celle-ci était gravée une inscription : *« Uhudler. Sve do smrti. »*, qui signifiait en croate : « Uhudler. Jusqu'à ce que la mort nous sépare. »

Quelle ironie du sort, songea Sifkovits.

Au moment où le commissaire s'apprêtait à terminer l'examen, son regard tomba sur la ceinture du défunt. Du point de vue de celui qui la portait, la boucle était insérée par la droite dans les passants du pantalon. Sifkovits se gratta le crâne sous sa casquette.

Un SMS le tira de ses pensées. Il venait de Markus Priela :

Cher monsieur le commissaire, mon collègue Malek peut confirmer qu'à l'heure où s'est produite la mort d'Alois Stipsits, je me trouvais effectivement dans ma brasserie. Il est resté constamment avec moi et nous avons quitté les lieux ensemble. J'ai oublié de mentionner cette information lors de notre rencontre. J'espère que tous vos doutes seront ainsi levés. Bien cordialement, Markus Priela.

À cause du texto, Sifkovits ne remarqua pas que quelqu'un s'approchait par l'arrière. Soudain, il sentit une main sur son dos et sursauta. À côté de lui se tenait une quinquagénaire portant une tenue discrète de femme de ménage.

— Dites-moi, que faites-vous ici ?

Sifkovits commença à bégayer.

— Je… heu… je voulais…

Aucune excuse ne lui vint spontanément.

— Je vais appeler la police, décréta la dame.

— Attendez une minute, lança Sifkovits pour tenter de la retenir.

C'est moi, la police, pensa-t-il, mais il ne le dit pas.

— Vous ne me connaissez pas ?

Rien de mieux ne lui avait traversé l'esprit.

— Non, pas que je sache, mais la police établira votre identité.

Bon sang, songea Sifkovits. Si la police débarquait maintenant, son enquête en catimini serait découverte et cela provoquerait immanquablement un sermon furibond de son supérieur.

— Foncièrement, c'est toujours une bonne initiative d'appeler la police, prononça une voix familière derrière Sifkovits. Mais Maria, dans ce cas, ce ne sera pas nécessaire. Je connais ce jeune homme. Il est sur le point d'être ordonné prêtre et je voulais lui montrer l'intégralité des devoirs au sein d'une paroisse. Le contact avec un défunt est un passage obligé pour une carrière ecclésiastique. Je vous présente *pater* Johannes.

Sifkovits dévisagea David avec soulagement.

— Ah bon, monsieur le curé, je l'ignorais. Je pensais que nous avions ici affaire à un malfaiteur, car il a l'air d'un clochard.

— Il est franciscain, il a fait vœu de pauvreté, répliqua David avec conviction.

La femme de ménage détailla Sifkovits de la tête aux pieds.

— Je vois, je vois, fit la femme.

— Mais oui, chère Maria, que pouvons-nous y faire ? On doit prendre ce qu'on nous envoie. Johannes, je pense que tu as fini ici, n'est-ce pas ? poursuivit David.

— Oui, monsieur le curé, tout à fait ! approuva Sifkovits, entrant dans le jeu.

— Bien, alors allons-y. Que Dieu vous garde, Maria.

— Que Dieu vous garde, monsieur le curé. Et vous aussi, *pater* Johannes, ajouta poliment la dame en prenant congé.

— Oui… exactement… Que Dieu vous garde, balbutia Sifkovits.

*

Lorsque tous deux furent installés dans la voiture, David déplia un schnitzel froid du papier alu.

— Si tu me remets une seule fois dans une telle situation, je romps notre amitié. C'est compris ? jappa David.

— Compris. Comment puis-je te remercier ? demanda Sifkovits.

— Dimanche, tu liras trois prières d'intercession au lieu de deux. Entendu !?

Après quoi, David mordit dans son schnitzel.

Sifkovits ne fit aucune objection.

14

Le lendemain, Sifkovits eut une conversation téléphonique avec son supérieur Taschner. Il lui fallut déployer d'immenses efforts de persuasion pour prolonger sa mission à Stinatz de quelques jours. Ils se révélèrent payants, d'une part car Sifkovits évoqua la découverte d'un suspect éminemment plausible, d'autre part grâce à l'absence momentanée de travail à Eisenstadt. Sifkovits assura son supérieur, une fois de plus, qu'il n'enquêtait pas en solo et en douce et respectait strictement les procédures. En outre, Taschner se montra surpris que le voleur de poules soit probablement, en l'occurrence, une voleuse. Sifkovits avança qu'il devait néanmoins rassembler quelques indices supplémentaires avant d'arrêter la coupable.

Le gang des foulards s'était réuni sur le banc devant la maison de Baba. Le thème de discussion portait encore sur les intérêts. Maikits balayait le sol devant son épicerie. Le soleil était faiblard mais perceptible.

La tranquillité du village était seulement interrompue par le passage de rares voitures. La brise légère apportait dans son sillage l'odeur des champignons des bois alentour. Un mélange de mélancolie et de contemplation régnait sur le banc. Lentement mais sûrement, on remonterait sur les trottoirs et la saison des bancs serait officiellement close. Les quelques guêpes retardataires se préparaient pour leur dernier périple. Les nids étaient de plus en plus désertés. Les pâquerettes, les courgettes et les poivrons avaient fini leur service depuis longtemps. Le nouvel ordre du monde, ou plutôt de la nature, était composé de brocolis, de choux-raves, de citrouilles, de betteraves et surtout de haricots, rouges et noirs. « Je mange toujours les haricots avec de l'ananas. » « Pourquoi ? » « Parce que ma femme écoute de la musique hawaïenne. » Des dialogues de ce genre seraient bientôt extirpés de leur phase d'hibernation. À la droguerie Spar, on trouvait déjà des confiseries de Noël.

Une tasse de tisane à l'herbe à fromages à la main, Sifkovits s'assit avec les vieilles dames.

— Eh bé, Schiffi, tu bois de nouveau ton pipi de chat qui schlingue ?

Mme Resetarits exprimait sans ambiguïté, une fois de plus, son opinion sur la tisane.

— Tu veux une bière ? s'enquit Maikits.

— Non merci. J'ai tout ce qu'il me faut, répliqua Sifkovits.

— Spatzl, qu'est-ce que tu as ? Tu parais préoccupé.

Baba se faisait visiblement du souci pour son fils.

Sifkovits avala une grande lampée du pipi de chat.

— Je vais vous dire un truc : il y a quelque chose de louche dans la mort d'Alois Stipsits.

— C'était donc un meurtre, pas vrai ? demanda la corpulente Mme Grandits.

— Je vous en prie, pas de conclusions hâtives, déclara le commissaire, s'efforçant de calmer l'atmosphère. Mais le Stipsits est mort d'une façon pas nette.

— Hé, ça, c'est sûr ! Il était allongé par terre. On prend la poussière, en particulier dans une cave.

La boutade de Maikits déclencha des rires à la cantonade.

— Bah, Spatzl... Est-ce que ça doit être un meurtre pour autant ? Je vais te dire comment ça s'est passé : le vieux Stipsits était bourré et il a oublié d'allumer le ventilateur.

— Tout à fait ! Ça s'est produit tant de fois par le passé ! renchérit Mme Resetarits.

— Je sais. Mais dans cet accident, il y a beaucoup d'incohérences.

Après avoir vidé le reste de sa bière cul sec, Maikits intervint à nouveau dans la discussion.

— Dans ce cas, Schiffi, tu es au bon endroit avec nous. Parce que nous sommes les champions des incohérences et dissimulations en tous genres. Comment pouvons-nous t'aider ?

C'était exactement ce que désirait Sifkovits. Échauffer la meute au moyen de viande inaccessible.

— Eh bien voilà. Peu avant 21 heures, il a encore téléphoné à sa femme et dit qu'il se trouvait dans la cave.

— Oui, et alors ? Il était donc dans la cave, décréta Mme Grandits, nullement impressionnée.

— Dans la cave, le réseau ne passe pas.

Mme Resetarits s'en mêla.

— Eh bien, alors il n'était pas dans la cave, mais dans la chambre à l'étage. Là-bas, il doit y avoir du réseau.

— Oui, là-bas, il y a du réseau, confirma le commissaire.

— Bon voilà. Affaire élucidée. Tu veux une bière ? proposa Maikits.

— Je ne crois pas qu'il était dans sa chambre.

— Pourquoi ? s'enquit sa mère.

— Il existe quelques indices qui vont à l'encontre. Primo, l'éphéméride à feuillets affiche la date de la veille de sa mort. Ce jour-là, il n'a pas arraché le feuillet. Le Roman Fabsits a affirmé que le Stipsits arrachait toujours le feuillet du calendrier dès qu'il passait la porte de sa petite chambre.

Mme Resetarits fronça les sourcils.

— Ouais… bon, Schiffi, avec toute l'estime que je te porte, je ne me fierais pas à ce que dit le Roman Fabsits. Tu sais ce qu'il doit boire pour avoir cinq milligrammes dans le sang ?

Sifkovits hocha la tête en dénégation.

— Il doit rien boire pendant trois jours !

Le commissaire saisissait l'objection.

— D'accord, mais tout de même... Si quelqu'un a l'habitude de faire toujours quelque chose, c'est bizarre qu'il ne l'ait pas fait ce jour-là. Secundo : lorsque le vieux Stipsits descendait dans le cellier, il ne fermait jamais sa chambre à clé. Pour quoi faire ? Dans la chambre, il n'y avait rien à voler, et la clé était de toute façon posée sur le rebord de la fenêtre. Par conséquent, pourquoi aurait-il fermé la porte à clé alors qu'il savait qu'il allait remonter y passer la nuit ? Et tertio : pourquoi le sol était-il propre ? Devant la porte de l'entrée, il y a de la terre. Quand il pleut, la terre se transforme en gadoue. Il aurait donc dû laisser, dans tous les cas, de la saleté ou de la boue dans la cave. Mais le sol était immaculé. Vous suivez mon raisonnement ?

On pouvait déduire à l'expression de l'assistance que celle-ci considérait la question comme purement rhétorique. Seule sa mère s'efforça, en réprimant un sourire, de proposer une explication.

— Dans ce cas, peut-être qu'il a passé son coup de fil devant la porte.

— Non, maman, je ne pense pas. Il pleuvait. L'entrée n'est pas couverte. Qui se posterait sous la pluie pour téléphoner ?

Sifkovits voyait tout le monde cogiter fébrilement sur le banc. Maikits cessa son travail de balayage pour lever l'index de sa main droite.

— Et s'il avait passé son coup de fil de sa voiture ? Il aurait été protégé de la pluie.

— C'est vrai ! concéda Sifkovits.

— Pas de quoi, demande-moi quand tu veux. Affaire élucidée, lança Maikits en bombant le torse de fierté.

— D'accord, cher Franz, mais la voiture n'était pas sous la grêle, rétorqua le commissaire. Si je suis en train de téléphoner, assis dans la voiture, et qu'il commence à grêler, alors je vais mettre l'auto immédiatement à l'abri.

L'assemblée au complet détourna le regard vers la Peugeot verte.

— Bon d'accord. Peut-être pas la mienne, mais l'Audi de Stipsits, oui.

Maikits était visiblement déçu.

— Schiffi, es-tu vraiment obligé de réfuter toutes mes idées ?

Il balança le balai dans un coin pour aller se chercher une nouvelle boisson au houblon dans son épicerie.

— Spatzl, qu'essaies-tu de nous dire ? poursuivit Baba.

— Il a passé son coup de fil d'un autre endroit. Et en l'occurrence, un endroit où sa voiture était à l'abri de la grêle.

— Franz, rapporte-moi aussi une bière, s'écria Mme Resetarits en direction de la boutique de Maikits. Bon ben… d'accord, Schiffi, poursuivit-elle. Mais pour l'amour de Dieu, si tu te mets à chercher tous les endroits dans le Burgenland du Sud où l'on est à l'abri de la grêle, tes enquêtes vont prendre beaucoup beaucoup de temps. Tu resteras très longtemps à Stinatz.

— Ce qui nous ferait très plaisir, intervint sa mère.

— Bien entendu, mais nous serons probablement revenus aux schillings d'ici là.

Le thème de l'argent resurgissait décidément constamment dans la bouche de Mme Resetarits.

Maikits revint vers le groupe. Les bières étaient déjà ouvertes.

— *Prost*, Hilda.

— *Prost*, Franz.

— Alors, cow-boy, tu vas enfin boire une gorgée avec nous ? insista l'épicier.

— Non merci. Y a-t-il un auvent pour véhicules à la brasserie du jeune Priela ? interrogea Sifkovits.

— Oui, côté sud. Pas beaucoup de place. Pour dix voitures, à vue de nez, précisa Mme Grandits.

— Hé, Resl, dis pas de bêtises. Six voitures grand max', rectifia Baba.

— Ce qui suffirait pour une telle météo. Merci. À plus tard.

Sifkovits posa sa tasse et se dirigea vers sa voiture.

— Spatzl, tu ne peux pas partir maintenant. On va bientôt passer à table. Il y a du steak de bœuf avec de la sauce au chou-rave. J'ai acheté la viande ce matin tôt, bien tendre, chez le boucher Tinki. Elle est même pas encore refroidie.

— Je reviendrai à temps pour le dîner, maman.

Sur ces mots, le commissaire monta dans sa Peugeot. Comme la vitre ne descendait plus électriquement, il dut ouvrir la portière un instant avant de démarrer.

— Est-ce que vous savez où habite un dénommé Malek ? Soi-disant un employé du jeune Priela.

Mme Resetarits fournit la réponse au commissaire zélé.

— À Wörterberg. Au 38 de la Feldgasse.

— Merci.

*

Peu après, le commissaire entendit un autre mensonge.

15

— Oui. Chef était tout le temps dans brasserie. Moi aussi. Jusqu'après minuit. Ensuite tous deux rentrés maison.

Malek était assis dans sa cuisine et fumait. La maisonnette était en pagaille. On voyait qu'elle était habitée par de jeunes gens.

— Monsieur Sencar, vivez-vous seul ici ? interrogea le commissaire.

— Oui.

— Pas de petite amie ?

— Non. Femmes font juste problèmes. Quand femme parle, le diable est assis dans un coin et apprend. Mieux tout seul.

Sencar sourit légèrement.

— Visiblement, vous n'avez pas eu de bonne expérience en la matière, monsieur Sencar.

En s'appuyant sur sa cuisse, le commissaire se leva de la chaise en plastique qui lui avait été proposée.

— Merci, monsieur Sencar.

— Pas de problème.

Sifkovits se retourna encore une fois.

— Une dernière question : existe-t-il une autre personne ayant accès à votre maison ?

— Non.

— Votre maison dispose-t-elle d'un minuteur automatique pour la lumière ?

Sencar fronça les sourcils.

— C'est quoi ?

— Peu importe. Bonne fin de journée.

L'alibi de Markus Priela appartenait à la catégorie des très faibles. Sifkovits savait que Malek couvrait son chef. Car avant de rendre visite à Malek Sencar, le commissaire était allé sonner au 36 de la Feldgasse, la maison directement voisine. Mme Dorner avait confirmé que le jour en question, la lumière dans la maison de Sencar était restée allumée jusqu'à 23 heures au moins. Il ne se trouvait donc pas dans la brasserie en compagnie de son chef. Markus Priela avait visiblement quelque chose à cacher.

*

Le trajet suivant conduisit Sifkovits à Burgauberg. La porte à laquelle il frappa était déjà connue du commissaire. Après un instant, elle fut ouverte, en une fente plus large, par Mariana Popescu.

— Oui ? demanda la femme à voix basse.

— Bonjour, madame Popescu. Je m'excuse de vous déranger, mais votre mari est-il à la maison ?

— Non. Courses au supermarché.

— Je comprends, fit le commissaire d'un air déçu. Dans ce cas… au revoir, madame Popescu.

— Mari revient trente minutes.

Soudain, Sifkovits eut une idée pour utiliser néanmoins sa visite à bon escient.

— Puis-je entrer quand même, madame Popescu ?

— Entrer ? répéta la dame, quelque peu hésitante.

— Oui, juste pour mon compte-rendu.

La porte s'ouvrit en grand et Sifkovits franchit le seuil. Il prit place, comme la fois précédente, dans le séjour et fixa la photo de Paris.

— Ah… boire ? proposa Mariana.

— Volontiers.

— Juste… heu… eau… chaude ?

Le commissaire exprima son enthousiasme que la dame se montre si observatrice. Mariana Popescu disparut dans la cuisine. Sifkovits utilisa cet instant pour sortir Miss Piggy. Il prit furtivement une photo du cliché de Paris. Ensuite, il farfouilla dans sa sacoche pour en extirper son smartphone et feignit de téléphoner.

— Oui… bien sûr… je m'en charge… j'y vais de ce pas, prononça-t-il relativement fort.

Lorsque Mariana revint de la cuisine, le commissaire se précipita à sa rencontre.

— Je suis vraiment désolé, madame Popescu, mais malheureusement, je dois m'en aller. Une urgence. Je vous remercie pour le temps que vous m'avez accordé. Passez le bonjour à votre mari. Au revoir.

Sifkovits quitta la maison en hâte. Mariana entendit une voiture démarrer puis s'éloigner.

*

Trente-six minutes plus tard, Adrian et Mariana étaient assis sur leur canapé. L'atmosphère était tendue.

— Combien de temps est-il resté ? demanda Adrian à sa femme.

— Seulement quelques minutes. Il semblait nerveux.

— T'a-t-il dit ce dont il voulait me parler ? continua Adrian.

— Non. Rien. Il a juste voulu de l'eau chaude puis soudain, il a dû partir.

Adrian croisa les bras et s'affala plus profondément dans le sofa.

— De quoi s'agit-il, selon toi ? questionna sa femme.

— Ah, aucune idée ! rétorqua l'homme musclé.

— Ne me mens pas ! Et s'il découvrait tout de même quelque chose ?

— Il ne découvrira rien ! la coupa Adrian. Ce n'est pas le moment que tu perdes ton sang-froid. Nous n'avons fait aucune erreur.

Avec cette affirmation, il se trompait.

16

Des sons célestes retentissaient des tuyaux de l'orgue. Un chœur croate mixte d'hommes et de femmes entonna une mélodie avec une myriade de voix différentes, faisant trembler l'église de Stinatz. Les vitraux de la vieille paroisse commencèrent à vibrer. Elle était pleine à craquer. Il ne restait presque plus de place. Quasiment tous les gens ayant eu de récents contacts avec Alois Stipsits étaient là pour lui rendre un dernier hommage. Même Roman Fabsits.

À l'issue du chant et après que quelques retardataires se furent installés à la hâte, David Grandits se déplaça vers l'autel.

— Tu retournes à ton Créateur, qui t'a formé à partir de la glaise de la terre. Puisses-tu rejoindre, après que la vie t'a déserté, la Vierge Marie, les archanges et tous les saints. Puisses-tu contempler le visage de ton Rédempteur et jouir de la présence de Dieu pour l'éternité. Amen.

Un amen collectif envahit l'église. Les mains de Sifkovits se mirent à trembler. Le moment approchait où il devrait se lever du banc pour monter au pupitre d'orateur. Sa mère ouvrait le bal. Bonne idée de commencer par une personne aguerrie, car cela faciliterait les choses pour les oratrices et orateurs suivants. Baba accomplit sa tâche de manière impeccable, grâce à sa longue expérience, et la glace fut brisée. Puis vint le tour de Bettina Stipsits. Elle luttait visiblement contre les larmes et sa voix vacillait. Après que Bettina eut quitté le pupitre, un silence inconfortable plana. Un silence qui évoquait un raté.

— Qu'y a-t-il ? susurra Baba.

— Ah bon, c'est mon tour ? chuchota Sifkovits.

Le commissaire bondit prestement du banc et se hâta vers le pupitre d'orateur. Il jeta vers David un coup d'œil qui exprimait des excuses.

Sifkovits déplia sa feuille et commença à lire.

— Dieu de bonté. Prépare un nouveau foyer pour Alois de l'autre côté de l'arc-en-ciel. Accueille-le avec amour et dis-lui d'une voix ferme : « Bienvenue à la maison. » Guide-le à travers la mort et accompagne-le dans ta demeure éternelle.

Sifkovits prit une profonde inspiration. Il l'avait fait. David Grandits gesticula brusquement avec ses deux mains d'une façon bizarre. Il souffla à voix basse les mots suivants au commissaire :

— Nous te prions, écoute-nous.

— Ah oui, marmonna Sifkovits avant de réagir sur-le-champ. Nous te prions, écoute-nous.

Les vitraux tremblèrent de nouveau tandis que l'assemblée de la paroisse répétait les paroles de Sifkovits.

Lorsque la distribution de l'hostie arriva, Sifkovits sut que cela ne durerait plus très longtemps. *À la bonne heure*, songea-t-il.

*

Dehors, sur la place de l'église, comme d'habitude à Stinatz après une messe, on échangea encore quelques paroles, certaines au sujet du défunt, d'autres du déjeuner imminent.

Bettina Stipsits s'avança vers le commissaire.

— Merci pour cette belle prière, monsieur le commissaire.

— De rien, Bettina.

— Mardi aura lieu l'enterrement de mon père, pouvons-nous compter sur votre présence ? s'enquit Bettina.

— Naturellement.

— Très bien. Alors à mardi. Passez un bon dimanche.

Bettina Stipsits s'apprêta à partir.

— Juste une question, Bettina, lança le commissaire pour la retenir.

— Oui ? Voulez-vous un réapprovisionnement de tisane à l'herbe à fromages ?

Le commissaire s'esclaffa.

— Oui, ça aussi. Mais votre père était-il gaucher, par hasard ?

— Non.

On entendit, venant de derrière elle, un « Tu viens ? » de la mère de Bettina.

— À bientôt, monsieur le commissaire.

Lisa, la sœur de Sifkovits, se dirigea vers son frère. Elle était la grande fierté de sa mère car primo elle avait eu un enfant, secundo elle était mariée, et tertio, elle habitait pour de bon à Stinatz. Son époux, Hannes, était un passionné de pêche. Leur mariage était le moyen d'atteindre une fin qui, comme chacun sait, justifie les moyens.

Lisa était la cadette du commissaire. Plutôt robuste, mais globalement séduisante. Hannes ne s'était pas vraiment lié d'amitié avec des habitants de Stinatz. Certes, il avait des manières qui n'étaient pas du goût de tout le monde. Le mot « avocat » était sorti extrêmement tôt de sa bouche à l'occasion de diverses querelles de voisinage. Il était du genre à demander leurs papiers d'identité aux bénévoles du Secours catholique. Mais Lisa l'aimait quand même. On s'était arrangé des choses.

— T'étais pas un chouïa nerveux, Schiffi ? demanda-t-elle à son frère.

— Un chouïa, oui. La dernière fois que j'ai lu une prière d'intercession, c'était pour la mort de papa.

Lisa posa la main sur l'épaule de Sifkovits.

— Tu t'en es sorti avec honneur. Ça te va plutôt bien, le rôle clérical.

Le commissaire savait que sa sœur ironisait avec cette phrase.

— J'ai simplement rendu un service au David. C'est tout, expliqua-t-il.

À cet instant, Bauer, l'alcoolique du village, sortit en titubant de l'église. Il portait une casquette Strabag maculée d'éclaboussures séchées de béton et s'arrêta à quelque distance de l'église. Du côté du front, la casquette révélait également des auréoles de transpiration séchée. Le soleil était à la verticale dans le ciel et projetait sur l'église une ombre vers la droite. Sifkovits ne parvenait pas à détacher son regard de Bauer. Sa position et l'ombre formée par le soleil lui rappelaient vaguement quelque chose. En un éclair, le commissaire se rappela où il avait été confronté à une vision similaire.

— Bauer, reste là où tu es pendant une minute ! s'exclama le commissaire.

— D'accord, Schiffi. Mais je pourrai pas rester immobile très longtemps. Regarde comme je tremble, rétorqua Bauer qui, visiblement, s'était déjà enfilé quelques verres.

— Lisa, pourrais-tu te mettre à côté de Bauer pour une minute ?

— Pour quoi faire ? s'étonna la sœur de Sifkovits.

— Je t'expliquerai plus tard. S'il te plaît. Sinon, il va s'affaler.

À contrecœur, Lisa exécuta les instructions de son frère.

— Bon, et maintenant ? demanda Lisa.

Sifkovits n'était pas encore pleinement satisfait de la position de ces deux-là.

— Avancez-vous d'un pas vers moi.

Tous deux obtempérèrent.

— Encore un peu.

Bauer avait beaucoup de mal à garder son équilibre.

— Encore un peu.

— Schiffi, à quoi tu joues ? protesta sa sœur, qui commençait sérieusement à s'énerver.

— Non, là, c'est trop. Reculez d'un pas. Voilà, maintenant, c'est bon. Je vais faire rapidement une petite photo de vous deux. N'ayez pas peur.

— Quelle photo ? s'enquit Bauer, qui ne trouvait décidément pas que ce soit une bonne idée. Si ça atterrit un jour entre de mauvaises mains, on risque de prétendre que j'ai une liaison avec ta sœur.

Lisa secoua la tête.

— À d'autres, Bauer. Penses-tu qu'il y aurait une seule personne à Stinatz susceptible de croire qu'on a une liaison, tous les deux ?

— T'as raison, fit le chômeur professionnel. Je suis très difficile et je ne tombe pas dans les bras de n'importe qui.

— À quand remonte ta dernière relation avec une femme ? répliqua Lisa du tac au tac.

— Pas si longtemps que ça… euh… à quand remonte le chancelier Vranitzky ?

Sifkovits s'immisça entre eux deux.

— Désolé d'interrompre votre flirt, mais pourriez-vous vous concentrer un peu ?

Tous deux hochèrent vigoureusement la tête. Sifkovits sortit Miss Piggy et appuya sur la détente.

— Merci, c'est fini, décréta-t-il, enchanté.

— Je peux y aller, maintenant ? s'enquit Bauer.

— Tu peux aller à ta guise. Je te remercie, répondit Sifkovits en lui tapotant l'épaule.

— Je vais aller chez Katrin à l'auberge pour boire quelques quarts.

— Mais bien sûr, Bauer. Tu es un homme libre et peux agir selon ton bon plaisir.

— Je sais, Schiffi. Ce qui serait chouette, c'est que tu viennes me rejoindre plus tard et que tu règles pour les quarts de vin.

Bauer s'éloigna de la place de l'église en vacillant.

— Pourrais-tu enfin m'expliquer à quoi ça rime, mon cher frère ?

Sifkovits désigna discrètement de la tête deux individus en train de sortir de l'église.

— Tu vois ce jeune couple de Roumains là-bas ?

— Oui.

— L'homme travaillait avec le vieux Stipsits et chez lui, il y a une photo de Paris affichée au mur, que je viens de remettre en scène avec vous deux.

Lisa haussa un sourcil.

— Tout va bien, Schiffi ? Tu mets en scène des photos privées, maintenant ? Es-tu atteint d'un genre de fétichisme ?

— Non, mais j'ai l'impression qu'il y a un truc qui cloche avec la photo de ces deux-là à Paris. Malheureusement, je ne peux pas encore te dire ce que c'est. Depuis la toute première fois où j'ai vu cette photo, elle hante mon esprit. Peut-être suis-je à côté de la plaque. Ça arrive si souvent, dans la vie, d'être victime d'un malentendu…

Une main tapota l'épaule du commissaire par-derrière.

— Bonjour, *pater* Johannes.

Sifkovits fit volte-face et posa les yeux sur le visage de Maria, la femme de ménage de la morgue. Il chercha une réponse adaptée.

— Que Dieu vous salue… Maria. C'est une sacrée coïncidence, qu'on se retrouve ici, balbutia le commissaire. Comment ça se passe au boulot ? Tout va bien ?

— Oui, c'est très tranquille.

Le commissaire esquissa un sourire las à cette remarque.

— Eh bien, ça se voit que vous êtes fait pour prendre la robe, même si, aujourd'hui, vous manquiez légèrement d'assurance. Mais le David vous enseignera comment se comporter dans des situations extrêmes, affirma la dame.

— Oui, le David est un professionnel. Un modèle. Une sorte de Formule 1 de la liturgie, bégaya le commissaire.

— Quand célébrerez-vous votre première messe ? interrogea Maria.

— Bientôt. Très bientôt.

— S'vous plaît, tenez-moi au courant. Je veux absolument y assister. Je me placerai au premier rang et ne vous quitterai pas du regard. Portez-vous bien, *pater* Johannes.

Maria baissa la tête devant le commissaire.

— Signe de croix, souffla Lisa.

Le *pater* Johannes, perplexe, dessina un signe de croix sur le front de Maria.

— Ah… et… que Dieu soit avec vous, lâcha-t-il en guise d'au revoir.

— Il est toujours avec moi.

Satisfaite, la femme s'esquiva.

Le commissaire se retrouva face au visage stupéfait de Lisa.

— Frérot, je te reconnais de moins en moins. Aurais-tu quelque chose à m'annoncer avant que je l'apprenne dans les journaux ? s'enquit sa sœur.

— Oui, mais je t'en prie, ne me prends pas pour un idiot.

— Fais-tu de l'exhibitionnisme devant des animaux ?

— Quoi ?

— Laisse tomber. Alors, que veux-tu me dire ?

Lisa escomptait le pire.

— Sais-tu comment imprimer des photos numériques à la droguerie ?

Sifkovits attendait la réponse de sa sœur avec fébrilité.

— C'est tout ?

— Oui. Tu es déçue ? demanda son frère.

— Un petit peu, oui. Tu peux aussi les imprimer chez moi, proposa Lisa.

— Ça fonctionnerait ?

— Schiffi, on ne vit plus à l'ère paléontologique. Il existe désormais des imprimantes pour photos.

— C'est vrai ? Je n'en ai même pas une normale, avoua le commissaire, impressionné.

— De quelles photos s'agit-il ?

— De toutes les photos que j'ai prises avec Miss Piggy.

Le frère de Lisa lui montra fièrement sa compagne.

— Pas de problème. As-tu un câble USB ?

Sifkovits en resta bouche bée. Il marmonna un « Hein ». Mais avant qu'il ne puisse poser la question de ce qu'était un câble USB, sa sœur lui vint en aide.

— Pas grave. J'en ai un. On y va !

Maman Baba se tenait au centre d'un groupe de dames et messieurs âgés, qui s'entretenaient au sujet du déjeuner. Ils avaient déjà parlé du défunt.

— Maman, je vais faire un saut chez Lisa, dit Sifkovits à sa mère.

— Pour quoi faire ?

— Eh bien, maman, j'aimerais voir ma nièce de temps en temps.

— O.K. Spatzl. Mais tu reviendras pour le déjeuner.

Ceci était un ordre.

— Bien sûr. Qu'est-ce qu'on mange ? s'enquit-il.

— De la potée de haricots.

— Quelle surprise. Et avec ça ?

— Rien !

— Super. J'ai hâte. À tout à l'heure, maman.

*

Après que Sifkovits eut entièrement monté la maison de poupées Playmobil avec sa nièce Elisabeth, il examina deux des photos imprimées.

— Je le savais ! claironna-t-il dans la maison de Lisa.

— Schiffi, je te ressers une tisane ? proposa sa sœur.

— Non. J'aimerais bien une petite liqueur de Uhudler. Il y a un truc à fêter, déclara son frère, satisfait.

Sifkovits vida son verre d'un trait.

— Hmmm, délicieux, il vient de chez Priela, pas vrai ?

Sa sœur confirma son hypothèse.

Lisa regardait deux photos posées devant elle sur la table basse. L'une était celle d'elle-même avec Bauer devant l'église, l'autre de Mariana et Adrian Popescu devant la tour Eiffel. Elle s'agenouilla légèrement pour examiner les clichés de plus près.

— Non, désolée, Schiffi, je ne vois rien de bizarre dans ces photos, admit-elle.

— Regarde plus attentivement, lui ordonna son frère.

En plissant les yeux, Lisa tenta pour la deuxième fois.

— Elles se ressemblent de par leur composition, mais sinon, je ne distingue rien d'autre.

Son frère lui fit part de sa découverte.

— Lisa, maintenant regarde bien la photo de toi avec Bauer. Sur celle-ci, l'ombre de l'église va vers la droite. Tu la vois ? vérifia Sifkovits.

— Oui.

— Bien. L'ombre projetée par la casquette Strabag de Bauer va également vers la droite. Seule une partie de son oreille se trouve dans l'ombre, pas vrai ?

Lisa ne comprenait pas où son frère voulait en venir.

— Et maintenant, Lisa, regarde la photo de Mariana et Adrian Popescu. L'ombre de la tour Eiffel est orientée vers la droite, comme celle de l'église, mais celle produite par la casquette d'Adrian Popescu ne se projette que très légèrement vers la droite. Non seulement l'oreille d'Adrian Popescu est dans l'ombre, mais également un petit bout de son œil. L'ombre de sa casquette ne correspond pas à celle de la tour Eiffel.

À cet instant, Lisa le remarqua également.

— Ha ha, tu as raison. Mais qu'est-ce que ça prouve ? ajouta-t-elle.

— Que ces deux-là n'ont jamais mis les pieds à Paris.

Un autre morceau du puzzle se révéla dans l'esprit du commissaire. Pourquoi quelqu'un se donnerait-il la peine de falsifier une photo de vacances ?

Et puis, il y avait aussi le truc de la ceinture.

17

Le dimanche est un jour pour se détendre. Se ressourcer. Un jour que l'on a le droit de passer en survêtement. Un jour où l'on peut glander en survêtement sur le canapé. À regarder tranquillement, surtout après un déjeuner copieux, le grand prix de Formule 1 à la télé. Certes, la plupart des gens assistent au démarrage avant de se réveiller paniqués au dernier tour de piste, mais là n'est pas la question. Et même si l'on s'est vautré pendant sa sieste sur une tablette de chocolat, il n'existe pas d'état plus agréable que de n'être responsable de rien, l'espace de quelques heures. Telle une perruche ondulée brièvement sortie de sa cage qui va chier à l'envi sur tous les chandeliers, les éléphants en porcelaine et autres bibelots. Bref, la liberté.

C'est également le jour où les proches deviennent des étrangers. On a le droit de s'accorder de la distance, ce jour-là. S'adonner au farniente et envoyer paître tous les soucis. Le sommeil est le roi dans l'échiquier de l'existence humaine.

Tout ceci ne s'appliquait nullement au commissaire. Il était assis avec sa mère à la table de la cuisine où l'on déjeunait d'une délicieuse potée de haricots, qui tient bien au corps. Le commissaire avait disposé sur la table de la cuisine les impressions des photographies. Baba examinait une photo montrant des traces de pas, elle regardait un jeune couple de Roumains devant la tour Eiffel, puis sa fille à côté de Bauer et enfin une photo d'un certificat.

— Tu en veux encore ? proposa-t-elle à son fils.

— Non merci. Je n'ai plus faim.

— Avoue, tu n'aimes pas.

— Si, maman, mais les haricots rouges sont très riches. En outre, récemment, quelqu'un est mort d'une intoxication de CO_2. Je n'aimerais pas que cela se reproduise cette nuit.

Baba saisit l'une des photos. Celle du fameux certificat qui prouvait qu'Alois Stipsits était le propriétaire du chai au toit de chaume.

— Spatzl, il y a un truc qui cloche avec ce certificat.

Le commissaire était tout ouïe.

— Quoi donc, maman ?

— Regarde, ce certificat a été inscrit avec un code postal 7574. Et là, il y a l'adresse de la cave : Burgauberg 17, 7574 Burgauberg.

Le commissaire haussa les épaules.

— Et alors ? demanda-t-il.

— Avant, Burgauberg avait un code postal de Styrie : 8291. Plus tard, on a rassemblé toutes les communes voisines sous le même code postal. On a donc appliqué à Burgauberg un code postal du Burgenland, comme beaucoup d'autres villages du coin. Nous sommes ici à la limite de la région de Styrie.

— Où veux-tu en venir, maman ? questionna son fils avec curiosité.

— Soit ils se sont trompés quand ils ont émis ce certificat, soit il a été falsifié. Selon moi, il se pourrait qu'ils aient modifié le certificat *a posteriori* et employé par mégarde le code postal actuel.

Un soupçon du commissaire venait d'acquérir une certaine plausibilité.

— Maman, crois-tu que le jeune Priela ait renoncé de son plein gré à la cave à vin ?

— Jamais de la vie.

Sifkovits attrapa sa veste et bondit de sa chaise.

— Où vas-tu comme ça, Spatzl ?

Elle avait posé la question par automatisme mais connaissait déjà la réponse.

18

— Monsieur le commissaire, raffolez-vous de notre vin au point de venir vous achalander même un dimanche ? demanda Markus Priela, surpris.

Il se tenait devant ses baies vitrées et contemplait les vignobles alentour.

— Je ne suis pas ici à cause du vin, répliqua Sifkovits.

— Ah bon ? Et que me vaut cet honneur ?

Le jeune viticulteur devint fébrile.

— Ce serait une bonne idée de nous asseoir, monsieur Priela, qu'en dites-vous ?

— J'aime bien rester debout devant ce panorama.

Priela sentait d'instinct qu'il s'agissait d'une discussion sérieuse.

— Y a-t-il un problème, monsieur le commissaire ?

— Non.

— Bon, très bien alors !

Priela se rasséréna.

— Il y a plusieurs problèmes, monsieur Priela.

— À quel sujet ?

La nervosité resurgit.

— Avec quelques-unes de vos déclarations, précisa Sifkovits d'un ton plus assertif. Monsieur Priela, lors de notre dernier entretien, vous m'avez débité un paquet de mensonges.

Priela tourna la tête vers Sifkovits.

— Vraiment ? Pouvez-vous le prouver ?

— Au moins l'un d'eux, oui.

Les lèvres de Priela s'affaissèrent aux commissures tandis que son front se plissait.

— Lequel, alors ? s'enquit-il d'une voix inquiète.

Sifkovits farfouilla dans sa sacoche pour en tirer son bloc-notes.

— Votre employé Malek Sencar vous a fourni un alibi extraordinairement faible. Pendant toute la soirée, la lumière était allumée chez lui, en tout cas jusqu'à 23 heures. Selon ses dires, il ne possède qu'une seule clé et sa maison ne dispose pas d'un minuteur de lumière automatique. Par conséquent, il n'a pas pu être avec vous à ce moment-là.

Priela baissa les yeux par terre, gêné. Sifkovits sortit une photo de la poche de son pantalon.

— Monsieur Priela, j'aimerais vous montrer une photo.

Le commissaire s'approcha du producteur de vin et lui tendit une photo chiffonnée montrant des traces de pas.

— J'ai trouvé ces traces de pas juste devant l'appartement d'Alois Stipsits. Comme vous pouvez le constater, il s'agit d'empreintes d'une grande pointure. Elles appartiennent à un homme d'une grande stature avec de grands pieds. Maintenant, nous avons deux possibilités. Soit je vais me procurer une autorisation pour fouiller vos chaussures et comparer les empreintes avec celles-ci, cela prendra un certain temps mais finira par aboutir. Soit vous admettez simplement que ce jour-là, vous vous êtes rendu à la cave.

À chaque phrase de Sifkovits, l'homme de grande stature se rapetissait.

— Et ce que je ne gobe pas, même si je ne peux pas le prouver, est votre réaction si décontractée au sujet de la cave au toit de chaume. Je ne crois absolument pas que vous ayez cédé cette propriété aussi facilement à Alois Stipsits.

Sifkovits extirpa une autre photo de sa sacoche.

— Voyez-vous, monsieur Priela, cette attestation porte un code postal du Burgenland, alors qu'à la date de l'émission supposée de ce document, Burgauberg avait un code postal de Styrie. Par conséquent, on est en droit de supputer qu'il s'agit ici d'une falsification, c'est-à-dire que le certificat a été retouché postérieurement au profit d'Alois Stipsits. En outre, je suis d'avis qu'au fil du temps, vous avez remarqué cette falsification, d'autant plus que M. Adrian Popescu a déclaré que vous avez eu une violente altercation avec

Alois Stipsits environ une semaine avant sa mort et que vous auriez lancé les paroles suivantes : « À ce sujet, tu ne t'en sortiras pas à bon compte ! »

Sifkovits admirait son propre raisonnement criminologique. Il était presque un peu fier de lui. Il se tapota mentalement sur l'épaule.

Très anxieux, Markus Priela se dirigea vers son secrétaire. Finalement, il s'affala sur son fauteuil, releva la tête et soupira profondément. L'air autour de lui devenait irrespirable, la couche de glace sur laquelle il se mouvait menaçait de se briser.

— Bon… d'accord, monsieur le commissaire. Vous avez raison. Ce jour-là, je me suis rendu à la cave du vieux Stipsits. Avant ça, j'étais seul dans ma brasserie. Je me suis soûlé, et peu avant minuit, j'ai conduit jusqu'à la cave. Je suis monté à la chambre de Stipsits, j'ai frappé et appelé, mais je n'ai pas eu de réponse. C'est sans doute à ce moment-là que j'ai laissé des traces de pas. C'est la stricte vérité.

Sifkovits hocha la tête.

— Si vous aviez raconté ça plus tôt, l'enquête aurait peut-être suivi une autre piste.

— Je sais, monsieur le commissaire. Je ne me souviens plus exactement de mon intention quand je me suis rendu là-bas, la nuit en question. Sans doute le confronter une fois de plus avec cette histoire de cave.

— Ainsi, vous étiez au courant de cette reprise douteuse ? vérifia Sifkovits.

— On ne pouvait rien prouver. Il y avait eu un accord. On supposait qu'il avait été falsifié, mais il n'y avait pas de preuves. Évidemment que je désirais récupérer cette cave à vin. C'est une vitrine prestigieuse. Il n'existe quasiment plus de chai de ce genre, et il est très rare que le Uhudler soit encore produit dans des fûts aussi vieux. Je voulais l'amener à ce qu'il me cède la cave car je savais qu'elle me revenait. Les fûts, à eux seuls, possèdent une mémoire formidable des anciens temps. On y trouve même encore des chats de cave.

Sifkovits ignorait à quoi le jeune viticulteur faisait allusion.

— Heu, on n'a pas trouvé de chat sur place, monsieur Priela, lança-t-il à tout hasard.

— Monsieur le commissaire ! On voit que vous ne vous y connaissez pas en vin. Le chat de cave est un champignon mycélium qui prolifère dans les caves à fort taux d'humidité. Il forme des tapis mous d'un à deux centimètres d'épaisseur, qui ressemblent à une fourrure de chat au toucher. C'est pour ça qu'on l'appelle chat des caves ou, chez nous, *Köllakotz*. Ce champignon régule le taux d'humidité de la pièce. En outre, jadis, de vrais chats vivaient dans les cuveries des producteurs, afin de tenir les souris à distance. Pendant les vendanges, certains chats curieux s'égaraient et pénétraient par la porte ouverte de la cave pour se coucher sur les tonneaux, dont la température atteint son maximum pendant la fermentation. C'est dans ces fûts, dit-on, qu'on fait le meilleur vin.

Le commissaire écoutait avec intérêt la leçon d'histoire viticole du producteur. *Ce qu'on peut bien apprendre dans ce métier, tout de même*, songea-t-il.

— Alors, que va-t-il m'arriver maintenant ? s'enquit Priela à voix basse.

— Rien.

— Rien ? répéta-t-il, étonné.

— Vous n'avez rien fait, et se soûler n'est pas encore puni par la loi. Et que vous ayez conduit bourré, je ne peux plus le prouver.

Sifkovits décocha un clin d'œil au viticulteur.

— Pensez-vous à un crime, monsieur le commissaire ? demanda Priela.

— Il y a bien quelques incohérences dans cet accident, mais s'il devait s'agir d'un crime, je suis absolument persuadé que vous ne feriez pas partie des suspects.

Markus Priela parut soulagé, mais également surpris par cette affirmation.

— Vraiment ?! Pourtant, je n'ai pas d'alibi pour l'heure du crime.

— Si. Et même le meilleur qui soit, déclara Sifkovits.

— Ah bon ?

Priela ne comprenait pas ce dont parlait le commissaire.

— Oui. Vous l'avez tout le temps sur vous.

— Où ça ? lâcha Priela.

Sifkovits désigna la main gauche de Priela.

— Je ne saisis pas, monsieur le commissaire.

— Monsieur Priela, ça ne peut pas être vous, car vous êtes gaucher. Bonne fin de dimanche.

Il en fallait beaucoup pour estomaquer Markus Priela. Mais cette fois-ci, il l'était.

19

— Spatzl, c'est une bonne chose que tu sois là ! Que devrais-je porter mardi pour l'enterrement ?

Baba Sifkovits, fébrile, ronchonnait à travers la cuisine. Sur le dossier de chaise étaient suspendues plusieurs robes noires. Elle en saisit deux et les souleva alternativement devant son corps.

— Cette robe ou celle-ci ?

Son fils secoua la tête.

— Maman, nous avons déjà eu cette discussion il y a un an. Elles sont noires toutes les deux.

— Ah, tu m'es vraiment d'une aide précieuse ! Pour une fois que je te demande quelque chose, tu me laisses tomber.

Cette phrase recélait un tsunami de reproches. Sifkovits s'efforça de feindre de l'intérêt.

— Bon. Alors, cette robe, ça ne va pas car les gens l'ont déjà vue, et l'autre n'est pas adaptée, expliqua-t-il.

— Veux-tu dire par là que je parais trop grosse dedans ?

— Maman, pourquoi faut-il que tu déformes systématiquement mes paroles ? Je la trouve juste trop élégante et trop cintrée.

Le commissaire était embarqué sur de mauvais rails.

— D'accord. Donc, je suis trop grosse. Te rends-tu compte que j'ai dû trimer toute ma vie pour vous offrir une existence sans souci…

Sifkovits la coupa.

— Pourquoi ne portes-tu pas une robe bleu marine ?

— Une robe bleu marine à un enterrement ? Je ne vais pas me pointer en ressemblant à un Schtroumpf.

Décidément, Baba ne lui facilitait pas la tâche.

— Ou bien une rouge. Ce serait assorti au Uhudler, lança son fils, introduisant ainsi une nouvelle couleur dans le jeu.

— Alors, pardon, Spatzl. Rouge ? Je ne vais pas à Vienne pour le bal des œillets, tout de même !

Baba prit la pile de vêtements de la chaise et se dirigea vers la chambre. Visiblement, elle venait d'avoir une idée.

— Tu sais quoi ? Je porterai la robe noire que j'avais achetée un jour en Hongrie. Je ne l'ai jamais mise.

L'emballage d'origine qui l'enveloppait encore l'attestait. La Cellophane était devenue quasiment opaque.

— Quand as-tu acheté cette robe, maman ?

Baba réfléchit.

— Ça fait un bail. La RDA existait encore.

Baba présenta la robe à son fils, qui exprima un enthousiasme feint.

— Super, maman. C'est celle-là qu'il te faut !

— Tu ne trouves pas qu'elle fait un peu plouc ? insista-t-elle.

— Pas du tout, elle fait robe de femme moderne. Et maintenant, s'il te plaît, assieds-toi un peu avec moi.

— Non, je suis beaucoup trop nerveuse. Mardi va vite arriver. Je n'ai plus que deux jours pour me préparer…

— MAMAN ! cria Sifkovits.

Brusquement, sa mère se figea.

— Pourquoi me gueules-tu dessus comme ça ? hurla-t-elle en retour.

Sifkovits prit sa mère par la main et la força à s'asseoir.

— Maman, maintenant, écoute-moi. Existe-t-il des rumeurs sur le vieux Stipsits au sujet de sa fidélité à son épouse ?

Sa mère cogita beaucoup trop longtemps à la question.

— Alors, c'est oui ?

Baba hocha doucement la tête.

— Bien, poursuivit-il. As-tu éventuellement ouï-dire que ces femmes pouvaient être plus jeunes que lui ?

Sifkovits s'était transformé, d'un fils dévoué, en un professionnel de l'interrogatoire. Sa mère fit à nouveau mine de se lever.

— Peut-être que je devrais quand même mettre la robe bleue, qu'en penses-tu ?

— Maman, ne détourne pas la conversation ! dit fermement Sifkovits.

Mme Sifkovits regarda longuement son fils droit dans les yeux. Aucun des deux ne cilla ; on aurait presque dit un duel où celui qui détourne le regard en premier a perdu.

— Spatzl, c'est vraiment... ne me cloue pas au pilori... mais papa aimait bien s'achalander en vin chez le Stipsits et un jour, il m'a raconté qu'il lui avait semblé, lors de sa visite à la cave, avoir vu une jeune femme qu'il ne connaissait pas.

Sifkovits se gratta le crâne sous sa casquette. Il avala une gorgée de tisane à l'herbe à fromages.

— C'était quand ? demanda-t-il à sa mère.

— Ben... ça devait être... ah oui, la RDA existait encore, répondit Baba.

— Cette dame se serait-elle appelée, par hasard, Valea ?

— Tu crois vraiment que papa a posé des questions sur comment qu'elle s'appelait ? Il voulait juste acheter du vin, et pas faire la connaissance d'autres femmes. Comme je te l'ai dit, elle était jeune et complètement inconnue. C'était également la seule fois où il a eu cette jeune fille en face de lui. Ce qui est bizarre, c'est plutôt que le vieux Stipsits se rendait très souvent à l'agence Raika de Stinatz depuis neuf mois. Précisément à partir du moment où les Roumains se sont installés à Burgauberg. Bon, tu es content, espèce de tête de mule ?

La tête de mule était au-delà de contente.

— Merci, maman. À quelle heure ouvre la Raika demain matin ? interrogea-t-il.

— Tu dormiras encore.

Mais le commissaire ne dormait pas.

20

Peu après 8 heures du matin, Sifkovits pénétra dans la filiale Raika de Stinatz. Christian Zimmermann, le directeur de l'agence, était en discussion animée avec une vieille connaissance.

— 'Voyez, madame Resetarits. Les intérêts ne vont pas remonter de sitôt.

Mme Resetarits n'en démordait pas.

— Mais quelle insolence ! J'ai lu exprès ta paperasse de A à Z alors que j'y pige que dalle, j'ai perdu du temps de vie précieux et tu sais pourtant qu'à mon âge, je ne retiens plus rien. Tout ça pour me dire maintenant qu'on ne peut rien faire ?

Exactement, pensa Zimmermann. Mais il le formula de manière plus diplomatique. Il fut ravi d'apercevoir le commissaire.

— Bien le bonjour, Schiffi ! s'exclama Zimmermann à travers l'agence.

Mme Resetarits arrêta Sifkovits.

— Schiffi, ça ne sert à rien, à rien du tout. C'est plus avisé de mettre ton argent sous ton oreiller, tu en obtiendras davantage. Cette banque est aussi utile qu'une combinaison de ski en Jordanie. À la r'voyure !

Folle de rage, Mme Resetarits sortit en trombe de la filiale.

— Au revoir, madame Resetarits, cria Zimmermann derrière la vieille dame. Schiffi, quel vent t'amène chez moi ? Veux-tu investir dans l'immobilier ?

Sifkovits éclata de rire à la boutade de Zimmermann. Le directeur d'agence était parfaitement informé du salaire de Sifkovits. Dans sa fourchette de revenus, on pouvait oublier la résidence secondaire en Autriche, et à la limite l'envisager dans le Caucase. Il posa ses clés de voiture sur le comptoir à côté de la coupelle pleine de confiseries Sumsi.

— Une question, Christian : le vieil Alois Stipsits avait bien un compte chez vous, n'est-ce pas ? s'enquit Sifkovits.

— Oui. Notre banque est un refuge sécurisé pour tous les épargnants.

Cette phrase avait déjà franchi les lèvres de Zimmermann à de nombreuses reprises.

— Voilà, il se trouve qu'on m'a rapporté – je ne sais plus qui exactement – que le vieux Stipsits venait souvent chez vous les derniers temps. Pourquoi ?

Zimmermann esquissa un geste de la main, comme pour se défendre.

— Schiffi, tu sais que je n'ai pas le droit de divulguer d'informations concernant l'activité bancaire de mes clients. Nous sommes tenus par le secret bancaire, expliqua-t-il au commissaire.

— Bah, on peut dire qu'il n'est plus vraiment un client, rétorqua Sifkovits.

— Même s'il est mort, je n'ai pas le droit de te donner des informations sur ses mouvements de compte.

Sifkovits avait escompté une telle réponse et alla donc directement au plan B.

— Bien sûr, je le comprends tout à fait, Christian. Puis-je prendre un bonbon ?

Zimmermann acquiesça aimablement.

La bouche pleine du bonbon Sumsi, le commissaire continua à poser ses questions.

— Laisse-moi reformuler cela : pourrais-tu me confirmer que certains de vos clients, qui le sont depuis une éternité, ont connu, depuis environ neuf mois, un volume de mouvements sur leur compte particulièrement élevé ?

— Oui, nous avons de tels clients, affirma Zimmermann.

— Trouveriez-vous cela quelque peu inhabituel ? poursuivit Sifkovits.

— Oui, nous trouverions cela inhabituel. D'autant plus qu'auparavant, le client avait une gestion de compte bien différente.

Zimmermann s'était pris au petit jeu du commissaire.

— Et en tant qu'institut bancaire, savez-vous où cet argent est viré ?

— Évidemment, répliqua Zimmermann.

— Existerait-il même des clients pour lesquels cet argent serait transféré à l'étranger ?

Zimmermann confirma également ce point.

— Se pourrait-il que certains clients virent leur argent vers la Roumanie ? s'assura le commissaire.

— Pas énormément, mais on trouve effectivement ce genre de clients, déclara sèchement le directeur de l'agence.

— Vers où ?

— Schiffi, j'en ai assez dit.

Zimmermann avait mis fin au petit jeu.

Sifkovits comprit qu'il ne tirerait rien de plus du sympathique banquier.

— Merci, Christian, tu m'as bien aidé.

Il saisit un dernier bonbon Sumsi et se dirigea vers la sortie.

— Schiffi, tu as oublié tes *Ključ*, s'exclama Zimmerman en balançant les clés de voiture du commissaire dans les airs.

Il avait employé le mot croate *Ključ* pour les clés.

Surpris, le commissaire fit volte-face.

— Tu parles croate, Christian ? demanda-t-il.

— Juste les injures et les clés. *Ključ*, d'ailleurs, peut avoir plusieurs sens.

Zimmermann hocha légèrement la tête. Comme un éclair foudroyant sa cible à l'improviste, Sifkovits saisit l'allusion de Zimmermann.

— Ah oui, tu veux dire *Klutsch*, reprit-il, exultant.

— Exactement, Schiffi. Il suffit d'écrire *Ključ* avec un C et l'on obtient une signification tout autre.

— La banque à Cluj est la clé, déduisit Sifkovits.

Avec Cluj, que l'on prononçait justement Klutsch en allemand, Sifkovits évoquait une ville en Roumanie.

21

— Ainsi, vous pensez qu'Alois Stipsits était victime d'un chantage de la part du couple Popescu ? demanda le commandant Taschner au commissaire général qui se trouvait en face de lui dans son bureau.

— Oui, monsieur le commandant. L'hypothèse est très plausible, répliqua Sifkovits.

— Avez-vous la moindre idée de la raison ?

— Cela pourrait être lié à la jeune fille roumaine Valea, avec laquelle Alois Stipsits avait apparemment eu une liaison. Elle était mineure. Elle a disparu sans laisser de traces dans le courant de l'année 1988. Il n'est pas impossible qu'Alois Stipsits ait quelque chose à voir avec ça.

Taschner croisa les mains derrière la nuque.

— Pffff, Sifkovits. Je vous ai répété à plusieurs reprises que vous n'étiez pas autorisé à enquêter sur cette affaire. Mais vous êtes une sacrée tête de mule, lâcha-t-il en expirant profondément. Bon…

d'accord. Je parlerai avec madame la procureure. Mais je vous le dis en toute franchise : une photo de Paris retouchée et de petits arrangements avec l'identité ne suffiront probablement pas pour obtenir une procédure d'enquête.

Tout en sirotant bruyamment sa tisane, le commissaire acquiesça.

— En outre, je m'entretiendrai avec nos homologues roumains pour qu'ils aient accès au compte bancaire de Stipsits et découvrent où allait cet argent, et à qui appartient le compte roumain. Peut-être aurons-nous quelques éclaircissements par ce biais.

— Merci, monsieur le commandant, dit le commissaire.

— Vous n'avez pas à me remercier car vous savez parfaitement que, dans l'affaire Stipsits, il ne s'agit pas, et ne s'est jamais agi, d'un meurtre. Nous sommes ici probablement en présence d'un chantage. Ça n'a rien à voir en termes de délit. Qui plus est, cela reste à prouver. Alois Stipsits aurait également pu faire ces virements de son propre chef. Et sans le cadavre de cette Valea, il sera extrêmement difficile de prouver quoi que ce soit.

Le commissaire était obligé de donner raison à son supérieur. Il y avait beaucoup d'indices, mais pas de preuve irréfutable.

— Je sais, monsieur le commandant. Néanmoins, j'ai l'intime conviction que la famille Popescu est mêlée d'une façon ou d'une autre à la mort d'Alois Stipsits, ajouta-t-il.

Sifkovits eut de nouveau droit à un sermon sur le fait qu'une présomption s'effrite devant un tribunal comme une tortue piégée derrière un radiateur pendant tout l'hiver.

— Au cas où toute l'affaire devait se révéler erronée, j'en prends l'entière responsabilité, monsieur le commandant, l'assura le commissaire.

— Très bien. Ce ne serait pas la première fois que vous vous fourvoieriez dans une enquête.

Même si les deux collègues menaient un entretien étonnamment cordial, le commandant Taschner avait du mal à cacher son cynisme.

— Venons-en maintenant à la véritable affaire, ordonna Taschner. Avez-vous avancé en ce qui concerne le vol de poules à Olbendorf-Untermühl ?

— Oui, monsieur le commandant. Je sais qui c'est, répliqua fièrement Sifkovits. Je suis prêt à confronter la voleuse à tout moment. Il y a même une déclaration de témoin qui tiendrait devant le tribunal.

Sifkovits ne mentionna pas qu'il s'agissait de sa mère.

Taschner se pencha en avant.

— Nous allons procéder ainsi, Sifkovits : vous transmettez le vol de poules au collègue Berner. Mettez-le au courant de tout ce que vous savez dans l'enquête, et continuez à vous occuper, je vous prie, de cette histoire de chantage. Je ferai en sorte que nous obtenions dès que possible des informations sur la famille Popescu. Je ne peux pas vous dire combien de temps ça prendra. Cela dépendra de l'efficacité de nos homologues sur place. Veuillez me laisser, par mesure de sécurité, la photo du jeune couple à Paris.

— Avec plaisir, monsieur le commandant.

Il posa la photo chiffonnée sur le bureau de Taschner.

— Désolé, elle était dans la poche de mon pantalon.

— Achetez-vous une sacoche, monsieur le commissaire général.

— À vos ordres, monsieur le commandant. Dès demain ! l'assura le commissaire.

— Et maintenant, retournez donc à Stinatz. Vous passez plus inaperçu parmi les locaux, décréta Taschner sans équivoque.

Sifkovits était sur le point de quitter le bureau lorsque Taschner le rappela.

— Et Sifkovits, quand vous passez dans votre bureau, prenez votre arme de service. Compris ?

— Compris, monsieur le commandant.

Puis il sortit.

Après un bref entretien avec le collègue Berner, le commissaire se mit en route pour Stinatz. Son arme de service était restée dans le tiroir de son secrétaire.

*

Lorsque le commissaire arriva peu après 18 heures dans sa communauté natale, il trouva le banc désert. Apparemment, les vieilles dames avaient déjà trop froid pour commérer sur les secrets du village. Sifkovits conduisit sa Peugeot verte jusqu'à l'église. David Grandits était installé à la table de sa petite cuisine et mangeait un Knödel sucré aux graines de pavot.

— Tiens, sers-toi. C'est la Resl qui les a faits, précisa le curé.

Le commissaire en saisit un avec reconnaissance.

— David, crois-tu à la bonté de l'homme ? s'enquit Sifkovits avec les dents pleines de points noirs.

— Oui, j'y crois. C'est mon métier.

— Parfois, je t'envie, dit le commissaire en s'empiffrant.

— Pourquoi ? demanda David.

— En dernier recours, tu as toujours la foi. Dans mon métier, ça ne sert strictement à rien, même quand je suis intimement convaincu de quelque chose. Je dois toujours le prouver.

David posa sa fourchette à côté de l'assiette et se passa la langue sur les dents.

— Tu sais, Schiffi, il existe aussi dans mon métier des crises de la foi. Que quelqu'un puisse vraiment transformer de l'eau en vin, je ne l'ai encore jamais vu de mes propres yeux. L'inverse, si. Mais que chaque être humain recèle quelque chose de positif en lui, ça, j'en suis convaincu et j'ai envie d'y croire. Tant que la foi nous connecte, peu importe ce qui nous sépare. Nous portons dans nos cœurs beaucoup de choses que nous ne pouvons pas partager parce que nous n'avons pas les bons mots pour le dire. Le diable peut toujours descendre sur nous, plein de rage, il sait qu'il dispose de peu de temps. Dieu est amour, et celui qui reste dans l'amour reste dans Dieu et Dieu reste en lui. C'est la grâce de Dieu qui m'a fait ce que je suis. Tu vois, Dieu est mon sauveur. J'ai confiance, et je n'ai pas peur. Est-ce que cela t'a aidé ? conclut David.

— Un poil, mais tu sais ce qui pourrait vraiment m'aider ?

David ne répondit pas. Il ouvrit une armoire fermée par des angelots et en sortit une bouteille de Uhudler. Elle venait de chez Alois Stipsits. David remplit un verre et le posa devant l'assiette vide de Knödel aux graines de pavot de Sifkovits.

— Voilà, Schiffi. Savoure ton Uhudler. C'est un modèle qui va se faire rare, ajouta David en souriant.

Certes, la formulation aurait pu paraître peu charitable, mais venant de la bouche de David, elle prenait un aspect rédempteur.

22

Kikki Brus d'Olbendorf-Untermühl avoua immédiatement quand Berner la confronta avec les soupçons concernant le vol de poules. Elle dit qu'elle l'avait fait avant tout pour aider son mari. Qu'elle avait remarqué que récemment, il couvait de plus en plus l'idée de développer son élevage de poules en grand. Il était de moins en moins disponible pour le devoir conjugal car les poules l'éloignaient de la chambre à coucher. D'une manière excessive. Elle n'exigeait pas d'argent en échange des poules. De plus, le produit phare de l'auberge Javorics n'était pas l'escalope de poulet, mais le cordon-bleu, qui n'est pas farci au jambon mais à la viande de porc. Elle voulait simplement qu'Edi pose à nouveau les yeux sur Kikki, plutôt que Resi, Zenzi et Lotti.

Kikki écopa d'une amende et les époux Brus décidèrent de suivre une thérapie de couple. Un dénommé

Toni donna un nouveau foyer en Styrie aux poules qui restaient.

*

À peu près au même moment, une foule d'habitants de Stinatz endeuillés se rassembla au cimetière. Les adieux à Alois Stipsits avaient déjà débuté. Avec une musique d'ambiance sinistre, le cercueil fut déposé dans la tombe. Le commissaire Sifkovits ne cessait de jeter des coups d'œil impatients sur son smartphone. Après que la fanfare eut balancé ses dernières notes aux visages de la congrégation, les gens se dirigèrent un par un vers la tombe ouverte pour jeter une pelletée de terre sur le cercueil. Le silence religieux était seulement entrecoupé par le bruit de la glaise atterrissant sur la bière imposante… et par la sonnerie du téléphone de Sifkovits. Le commissaire s'esquiva discrètement. À côté de la salle d'inhumation, il était assez loin pour ne pas déranger le cortège funèbre avec sa conversation téléphonique. C'était Taschner au bout du fil. Il avait reçu de nouvelles informations.

— Vous aviez raison, monsieur le commissaire. Adrian et Mariana Popescu s'appellent en réalité Eugen et Tereza Dalca. De plus, ils ne sont pas mari et femme, mais frère et sœur. Leur lieu de résidence est un petit village à côté de Cluj, en Roumanie. Ce qui est très intéressant, c'est que tous deux avaient une sœur aînée : Valea Dalca. Nos homologues roumains nous ont également communiqué que cette Valea Dalca avait brusquement disparu en 1988 sans laisser de traces. Elle est sortie de sa maison pour prendre l'air et n'est plus jamais rentrée. Après quelques semaines, des recherches ont été déclenchées pour la retrouver. Jusqu'à nos jours, on n'a pas eu de signe de vie d'elle. Cela peut être lié à un crime ou bien – comme c'était souvent le cas dans le bloc de l'Est en ce temps-là – à une fuite. Beaucoup de gens se sont enfuis et ont ensuite changé d'identité pour commencer une nouvelle vie ailleurs. Valea avait quatorze ans, elle était probablement déjà formée et pleine de ressources… Sifkovits ? Allô, êtes-vous encore là ? demanda Taschner.

Comme s'il avait le diable aux fesses, Sifkovits se rua vers l'assemblée funèbre. Il heurta au passage une couronne datant d'un enterrement de l'avant-veille. Une nuée de pétales de roses se détacha. Il neigeait du rouge.

— Arrêtez tout ! cria-t-il. L'enterrement doit être interrompu !

23

L'automne descend sur la campagne. Bientôt, nous nous retirerons dans nos maisons et délaisserons l'animation sociale. Je m'en réjouis. En ce moment, ils sont tous au cimetière. Certains pleurent. Pas moi. Je n'ai aucune raison. Intérieurement, je ris très fort. Heureusement que personne ne peut me voir. J'arrive à dissimuler ma satisfaction. Sous peu, les gens l'auront oublié. Sous peu, il ne restera de lui qu'une image. Son secret est englouti par le sol argileux. D'un geste rageur, je lui balance de la terre à la tête. Voilà pour toi, espèce de sale porc. Si tu n'étais pas déjà mort, je souhaiterais que la terre t'étouffe. Que les vers se régalent de ta chair. Qu'ils s'en fassent péter la panse. La vision des vers te rongeant les yeux me remplit de félicité. Sous peu, les derniers gaz s'échapperont de ton corps minable. Tu n'es plus que du compost, sur un immense tas de mensonges et de péchés.

Soudain, l'homme étrange réapparaît. « Arrêtez tout ! L'enterrement doit être interrompu ! » crie-t-il. Des pétales de rose volettent dans les airs. La nervosité ne m'envahit pas. Je respire calmement. L'homme tient son smartphone contre son oreille.

24

— Malheureusement, cela ne suffit pas pour madame la procureure, indiqua Taschner à Sifkovits au bout du fil.

— Je vois. Attendez une minute.

Il regarda les visages perplexes alentour.

— Spatzl, pour l'amour de Dieu, que se passe-t-il ? s'écria sa mère.

— J'aimerais jeter une pelletée sur le cercueil.

Aucun meilleur prétexte ne lui était venu à l'esprit. Le commissaire s'efforçait de cacher sa déception concernant ce qu'on venait de lui apprendre. Sifkovits prit la terre et accomplit sa tâche à la vitesse de l'éclair. Puis il s'éloigna à nouveau de l'assemblée endeuillée.

— J'crois bien qu'i' travaille trop, glissa Mme Grandits à Baba.

— C'est ben vrai. Il devrait prendre des vacances, intervint Mme Resetarits.

À cet instant, évidemment, ces dames ne se doutaient pas que le commissaire s'apprêtait précisément à le faire.

Sifkovits était retourné à côté de la salle d'inhumation.

— Ça signifie qu'il n'y aura pas d'autopsie et que l'enterrement doit continuer comme prévu ? vérifia le commissaire.

— Absolument. Les éléments constitutifs du chantage ne sont pas réunis aux yeux de madame la procureure. Elle admet qu'il est envisageable que quelqu'un soit venu en Autriche sous une identité différente, mais les preuves sont trop minces. Et comme je l'ai déjà mentionné, sans le cadavre de Valea Dalca, nous ne pouvons rien faire. Par conséquent, l'affaire Stipsits, comme l'affaire Dalca, va être classée sans suite. Je suis désolé, monsieur le commissaire général. Prenez quelques jours de vacances. Vous avez néanmoins accompli du bon boulot. Et croyez-moi, vous complimenter m'écorche légèrement la bouche. Vous avez découvert le coupable pour le vol des poules, et c'était votre mission principale. Je vous en félicite.

Sifkovits jeta un coup d'œil vers le cortège funèbre qui s'ébranlait lentement pour rentrer à la maison.

— Je comprends, monsieur le commandant. Vous avez raison, je vais prendre une semaine de vacances, décréta le commissaire, déçu.

— Tout à fait. Allez prendre l'air ailleurs. Dans une station thermale, quelque chose comme ça, suggéra Taschner.

— C'est ce que je vais faire, répliqua Sifkovits.

Environ une heure plus tard, on frappa à la porte de Roman Fabsits.

25

Après un vol empli de turbulences et un trajet en bus cahoteux, deux hommes atteignirent un petit village dans les environs de Cluj. Il semblait totalement désaffecté. Des débris de maisons délabrées jonchaient les rues non goudronnées. Des tracteurs rouillés attendaient devant des cours, on entendait le caquètement de poules. Un âne était attaché à un arbre, tout seul dans le paysage, et fixait le ciel d'un regard vide. L'automne avait déjà tiré sa révérence. Un vent glacial soufflait des Carpates. D'une petite butte au bout du village, les deux hommes aperçurent une maison. Elle était partiellement rénovée et détonnait visuellement dans le reste du village.

— Ça doit être ça, dit l'un des hommes.

— Oui, c'est bien là. Elle a beaucoup changé depuis le temps. Là-bas à l'arrière, où se trouve l'annexe, il y avait une étable. Et le pressoir était plus loin derrière, décrivit l'homme en désignant le paysage qui semblait s'étendre à l'infini. Ils ont dû le démolir. L'entrée était également aménagée différemment. Il y avait un porche avec un auvent en bois qui donnait sur une pièce. Nous nous asseyions souvent là. Dans le poêle, il y avait une flambée, on pouvait presque dire que c'était confortable. Le vieux Stipsits était installé à côté de la Valea, la plupart du temps. J'avais parfois l'impression qu'il lui caressait la cuisse sous la table. Ses sœur et frère cadets, je ne les ai vus qu'une fois. Ils étaient toujours fourrés chez les grands-parents quand il était question de boulot. Le vieux Roumain était dur en affaires. Toutes les fois où je suis venu, je n'ai jamais entendu sa femme prononcer un mot. Elle devait obéir au doigt et à l'œil. C'était une autre époque, surtout ici. Bonne chose que ce soit du passé. La Valea s'éclipsait parfois pour aller prendre l'air. Et alors le vieux Stipsits la suivait. Dieu seul sait ce qui se passait.

Les deux hommes se dirigèrent vers la porte d'entrée.

— Verrouillée, indiqua l'autre homme.

Il posa les mains en visière et les appliqua sur le petit vitrail encastré dans la porte pour distinguer à l'intérieur.

— C'est un vrai chantier, constata-t-il. Dommage, on ne peut pas entrer. Peut-être devrait-on demander à un voisin si une clé…

Roman Fabsits avait déjà crocheté la porte.

— Monsieur Fabsits, vous ne pouvez pas faire ça. Cela constitue une effraction, objecta le commissaire.

— Voyez-vous qui que ce soit aux alentours ? balança Roman Fabsits d'un air provocateur. Donc voilà. Pas vu pas pris. Allez, entrez, monsieur Sifkovits.

Avec un léger sentiment de malaise, le commissaire pénétra dans la maison. Elle était spacieuse et lumineuse, mais loin d'être achevée. D'innombrables câbles pendaient des murs. La chape avait déjà été posée au sol. Les deux hommes examinèrent le séjour donnant sur une cuisine ouverte encore emballée dans de la Cellophane.

— Très beau, ça doit coûter un bras, glissa Fabsits.

Sifkovits ouvrit une porte qui menait à la cave. Il descendit les escaliers et tira sur un cordon suspendu au plafond. La lumière jaillit dans la grande pièce qui constituait la cave. De nombreuses étagères, des commodes, une machine à laver et un bric-à-brac apparurent. Il fouilla tous les tiroirs et tomba sur une vieille boîte en carton jauni. Elle contenait quelques photos avec des gens, des individus à l'allure joyeuse.

Fabsits s'approcha et regarda les photos.

— C'est vous ? s'enquit le commissaire.

— Oui. Et avant que vous puissiez faire un commentaire… je sais, j'étais très chic à l'époque, continua Fabsits.

Sifkovits saisit une autre photo. Il reconnut l'homme qui tenait une jeune fille par la taille.

— C'est elle. La Valea, confirma Fabsits. V'voyez, comme il a l'air heureux, le vieux Stipsits, un peu lubrique sur les bords, 'trouvez pas ?

Le commissaire dut donner raison à Roman Fabsits. La façon dont Stipsits étreignait la jeune fille ne laissait place à aucun doute.

— Et les vieux viticulteurs ne se sont jamais doutés de rien ? demanda-t-il à Fabsits.

— Non. Tout ce qui les intéressait, c'étaient les affaires.

Au milieu du tas de photos, Sifkovits découvrit une chevalière avec une pierre rouge. Il avait déjà eu une bague similaire entre les mains. Cependant, celle-ci était un peu plus lourde. Il prit la bague et la photo.

— C'est bon. J'ai tout. On y va ? suggéra Sifkovits.

— Où ça ? répliqua Fabsits.

— À la maison. À quelle heure part le dernier bus en direction de la ville ?

— Demain matin, indiqua Fabsits, tempérant ainsi l'enthousiasme du commissaire.

— Peut-on se rendre à l'aéroport à pied ou bien est-ce trop loin ?

— Il se trouve à 37 kilomètres, monsieur Sifkovits.

— Alors, qu'est-ce qu'on fait maintenant ? s'enquit Sifkovits.

Deux hommes autrichiens passèrent une nuit ensemble, quelque part au beau milieu de la campagne roumaine. Dans la cave, Fabsits trouva deux matelas qui, certes, n'auraient jamais été admis au Hilton mais offraient assez de confort pour une seule nuit. Fabsits ronflait. Un doux sentiment de familiarité envahit Sifkovits. Il ne put s'empêcher de penser à sa femme, qui devait faire de même quelque part au Kenya. Il sortit la bague de sa poche et examina l'inscription gravée à l'intérieur. *Uhudler. Sve do smrti.* « Uhudler. Jusqu'à ce que la mort nous sépare. »

26

Telle une épée de Damoclès, la photo de Paris était toujours suspendue à côté de la cheminée. Mariana Popescu, ou plutôt Tereza Dalca, revint de la cuisine avec une tasse d'eau chaude. Elle la posa sur la table basse devant le commissaire. Celui-ci plongea un sachet de thé dans le liquide fumant. Il se colora instantanément. Eugen Dalca, alias Adrian Popescu, était assis en face du commissaire. Il sirotait son Coca Zero. Sur la table étaient disposées une photo ainsi qu'une chevalière portant l'inscription *Uhudler. Sve do smrti.* L'atmosphère était tendue dans la pièce, comme s'il y planait une menace d'attentat. De sombres nuages avaient envahi le visage des personnes présentes. À l'extérieur, les bourrasques cinglaient les vieilles fenêtres d'épaisses gouttes de pluie.

— Que voulez-vous dire par là, monsieur le commissaire ? demanda Eugen. Voulez-vous dire que vous êtes entré par effraction dans notre maison ?

Sifkovits porta la tasse à sa bouche et se brûla légèrement les lèvres.

— Monsieur Dalca, je ne suis pas ici pour que nous nous balancions nos fautes respectives à la figure. Je suis ici car j'aimerais élucider cette affaire.

— Avez-vous l'intention de porter des accusations contre ma sœur et moi après vous être introduit dans notre maison par des moyens illégaux ? insista Eugen d'un ton glacial.

— Je n'ai pas l'intention d'accuser qui que ce soit. Veuillez me croire sur ce point. Je vous demande simplement de m'écouter pendant que je vous livre ma version de l'histoire, rétorqua le commissaire à l'homme baraqué.

— Je vous en prie, monsieur le commissaire. Nous sommes tout ouïe ! fit Eugen pendant que sa sœur venait s'asseoir à côté de lui sur le canapé.

— Selon moi, et cela reste une supposition, monsieur Dalca, voici comment se sont déroulées les choses.

Sifkovits débuta son explication.

— Votre sœur Valea vient d'avoir quatorze ans. Le 23 juin 1988, Valea est assise dans la pièce donnant sur le porche de votre maison à Cluj. La soirée est bien avancée. On a probablement déjà dîné. La famille au complet se prépare à aller se coucher. Les deux enfants cadets dorment déjà. Valea dit qu'elle veut aller prendre un peu l'air. Comme elle le fait régulièrement, personne parmi les adultes présents ne prête une attention particulière à sa remarque. Elle sort, se dirige sans doute vers l'étable. Là, l'attend probablement, à l'insu des autres, Alois Stipsits. Il devient pressant, Valea se défend. Ils en viennent aux mains, et c'est à cet instant qu'Alois Stipsits perd sa chevalière dans l'étable. Peut-être la frappe-t-il, elle perd connaissance, et il la traîne jusqu'à sa camionnette. Ensuite, il roule avec elle jusqu'en Autriche. Là-bas, elle est aperçue par Roman Fabsits. Je suis quasiment persuadé que Valea n'est plus jamais retournée en Roumanie. En tout cas, pas vivante.

« Des années plus tard, cela fait longtemps que vous êtes revenu d'Allemagne et vous commencez à entreprendre des travaux dans la maison de vos parents décédés. L'étable est démolie et remplacée par une annexe moderne. La rénovation se révèle probablement plus coûteuse que prévue. Parmi les débris de l'étable détruite, vous trouvez cette fameuse bague qui est posée ici sur la table devant vous. Cette bague vous hante car vous êtes certain de l'avoir déjà vue quelque part. Finalement, vous tombez sur une photo d'Alois Stipsits tenant intimement Valea. Celle qui est également sur la table. On voit très distinctement la bague au doigt d'Alois Stipsits sur cette photo. Vous faites le rapprochement, et vous découvrez où habite ce dernier. Vous arrivez à convaincre votre sœur de vous suivre dans cette aventure, vous débarquez ensemble dans le Burgenland du Sud, gagnez la confiance d'Alois Stipsits, puis, au bout de quelque temps, vous le confrontez à vos soupçons. Peut-être qu'Alois Stipsits avoue et dit que l'affaire peut s'arranger moyennant finances. Vous pensez à votre maison à moitié terminée et acceptez le deal. Vous commencez à faire chanter Alois Stipsits. Plusieurs mouvements de comptes bancaires l'attestent. Au bout de neuf mois, Alois Stipsits est retrouvé mort dans sa cave.

« Voici ma version de l'histoire.

Eugen Dalca se leva du sofa et marcha vers un petit buffet sur lequel étaient posées quelques bouteilles d'alcool. Il se versa un shot de Pálinka et but l'eau-de-vie hongroise d'un trait.

— Valea m'avait dit un jour : « L'Alois est un sale type. Chaque fois qu'il veut jouer avec moi, je ferme les yeux et rêve de l'Amérique », prononça Eugen comme s'il pensait à voix haute. En tout état de cause, elle ne pourra plus jamais y aller.

Il vida un deuxième verre.

— Je reconnais que je vous ai sous-estimé, monsieur le commissaire. Je croyais n'avoir commis aucune erreur. Comment en êtes-vous arrivé à cette conclusion ?

— Vous avez été très fort, monsieur Dalca, concéda Sifkovits. Il y a eu beaucoup de petits morceaux de puzzle : les chambres séparées, les lits séparés, pas d'alliance, le fait qu'au Prösterchen à

Erfurt, personne n'ait jamais entendu parler d'un dénommé Adrian Popescu… mais finalement, votre plus grosse erreur était suspendue depuis le début ici même, dans cette pièce.

Sifkovits désigna la photo de Paris.

— La photo ? demanda Eugen.

— Oui. Cette photo me turlupinait. Mes pensées n'arrêtaient pas d'y revenir, jusqu'à ce que je saisisse enfin ce qui clochait dedans. Ce sont les ombres.

Eugen contempla le cliché.

— Les ombres, monsieur le commissaire ?

— Un très beau trucage ou bien montage, comme vous préférez. Mais l'ombre que projette votre casquette est trop courte. Elle ne correspond pas à celle de la tour Eiffel. Quand quelqu'un se donne tant de peine pour truquer une photo, ce n'est pas simplement pour fanfaronner devant ses voisins, mais pour faire gober quelque chose aux gens.

Eugen fut impressionné par les méthodes d'investigation du commissaire.

— Ces fichues ombres. Nous avons pris cette photo à Cluj puis nous avons mis la tour Eiffel en arrière-plan. De nos jours, on peut tout faire, mais nous n'avons certainement pas pensé aux ombres.

Tereza Dalca fondit en larmes. Elle se précipita dans la cuisine et claqua la porte derrière elle.

— Je suis désolé, monsieur Dalca, fit Sifkovits.

— Vous allez devoir nous arrêter, monsieur le commissaire.

Eugen s'approcha de lui.

— En ce qui concerne le délit de chantage, vous êtes effectivement coupables. Mais en ce qui concerne la mort d'Alois Stipsits…

Eugen coupa le commissaire.

— Voulez-vous avoir accès à la preuve qui manque pour élucider la mort d'Alois Stipsits ? Pour que ce soit clos une fois pour toutes et qu'on puisse aspirer à la paix, déclara Eugen avec détermination.

Sifkovits acquiesça. Guidant le commissaire, Eugen Dalca gravit l'escalier menant à l'étage supérieur de la maison. Les photos de l'occupante précédente étaient encore affichées au mur. Il fit signe au commissaire d'ouvrir la porte au fond du couloir.

— C'est à l'intérieur ! indiqua-t-il.

Sifkovits pénétra dans la pièce, qui était complètement vide et non chauffée. Il fronça les sourcils.

— Qu'y a-t-il ici ?

Le commissaire ne put en dire davantage. Il sentit un coup violent sur la nuque.

Puis tout devint noir.

27

Sifkovits ignorait combien de temps il était resté inconscient. Un laps de temps important, supposa-t-il, car dehors le jour déclinait déjà. Sur sa droite, il découvrit un bout de papier sur lequel Eugen Dalca avait gribouillé un dernier message au commissaire. La maison était vide et la Lada Taiga verte avait disparu.

Sifkovits retourna en voiture à Stinatz et laissa sa mère soigner la bosse qui s'était formée sur son crâne suite au coup reçu.

— Spatzl, qu'est-ce que tu fiches comme bêtise ? Pourquoi est-ce que tu devais entrer dans la police ? Tu n'aurais pas pu devenir agent municipal ou instituteur, non ? Un truc pareil ne te serait pas arrivé ! se lamenta Baba d'une voix inquiète.

— Hé, maman, travailler pour la municipalité comporte aussi des risques. Que se passe-t-il quand tu t'endors au bureau et tu t'étouffes entre deux formulaires ?

— Ah, ne te fous pas de moi, menaça sa mère. Devrais-je te préparer quelque chose à manger ? Un brouet de patates ?

— Oui, merci, maman. Ce serait génial, répliqua le commissaire. Je vais vite passer un coup de fil.

Après une longue conversation téléphonique avec le commandant Taschner, Sifkovits attendit que celui-ci le rappelle.

Le brouet de patates avait déjà été englouti depuis belle lurette quand son supérieur lui donna des nouvelles, au bout d'une heure. Cette fois-ci, le commandant avait réussi à convaincre madame la procureure. L'avis de recherche d'Eugen et Tereza Dalca avait été lancé et l'affaire Stipsits officiellement requalifiée en meurtre. Le commissaire allait désormais devoir accomplir l'une des tâches les plus désagréables dans la carrière d'un agent des affaires criminelles : l'exhumation d'un cadavre.

*

Sifkovits demanda à ses collègues du prélèvement des traces la plus grande discrétion. Personne hormis Jauntschi, le fossoyeur de Stinatz, ne devait être mis au courant du « vol de cadavre » nocturne.

— Comme s'il ne s'était rien passé, assura Jauntschi après avoir déterré le cercueil et l'avoir replacé dans sa position initiale.

— Merci. Je t'en dois une, dit le commissaire en tapotant l'épaule du fossoyeur.

— Eh bien, pourrais-tu faire en sorte que ta sœur passe une soirée avec moi ?

Sifkovits s'attendait à tout, sauf à ce service.

— Elle est mariée, répliqua-t-il pour tempérer les espoirs de Jauntschi.

— Mais mal mariée.

— Bon, je verrai ce que je peux faire, souffla-t-il.

— Dis-lui que je suis si mauvais au lit qu'il faut qu'elle fasse cette expérience une fois dans sa vie.

Sifkovits doutait de pouvoir persuader sa sœur avec cette déclaration de Jauntschi. Il fila un billet de cent au fossoyeur et quitta le cimetière.

Peu après, la dépouille d'Alois Stipsits se trouvait devant le médecin légiste d'Oberwart. Le docteur Miksch souffla dans ses gants en latex et commença à découper le viticulteur décédé.

— Où allez-vous ? s'enquit la réceptionniste de la clinique d'Oberwart avec fermeté.

Sifkovits s'était spontanément dirigé vers le service de médecine légale.

— Je vais rejoindre le docteur Miksch. Je suis le commissaire général Sifkovits de la LKA d'Eisenstadt.

— N'importe qui peut dire ça, lança sèchement la dame derrière la vitre.

— J'ai oublié ma carte de police dans la voiture, mais je vous ai apporté quelque chose.

Sifkovits sortit une boîte de bonbons et la poussa contre la vitre.

La réceptionniste regarda les pralines d'un air soupçonneux.

— Ah, ce sont celles avec de la noisette. J'aime pas !

— D'accord.

Comme lors de sa visite précédente, le commissaire s'était heurté à la conscience professionnelle de la dame postée à la réception.

— Dans ce cas, je vais devoir aller chercher ma carte dans la voiture.

— Effectivement. Mais v'pouvez quand même laisser la boîte de pralines ici.

Quelques instants plus tard, le commissaire se tenait dans la salle d'autopsie du département de médecine légale. Une odeur pestilentielle s'insinua dans ses narines et ses yeux se mirent à couler.

— Beurk, ça rappelle vaguement du goulasch de chevreuil qui aurait déjà un peu tourné, constata le commissaire.

— C'est le vieux Stipsits ! déclara le docteur Miksch.

Sifkovits appréciait l'humour du médecin légiste. Il était aussi croustillant qu'un petit pain suédois.

— Vous savez sans doute, monsieur le commissaire, que macérer une semaine là-dedans, ça ne laisse pas un cadavre de glace. Je vous dirai en toute honnêteté que j'ai déjà découpé tellement de dépouilles que je me suis habitué à leur odeur. Je ne prétendrais pas que c'est celle d'un rafraîchisseur d'air délicat, mais au fil du temps, cette odeur m'est presque devenue agréablement familière. Pour un médecin légiste, il n'y a rien de plus beau au monde que de couper un cadavre qui mijote depuis une semaine. Sauf les cadavres de noyade, qui laissent échapper des gaz délicieux au premier coup de scie…

Sifkovits le coupa.

— Merci beaucoup, docteur. Peut-être devrait-on en venir à l'essentiel.

— Oui, tout à fait. Monsieur le commissaire, cela va vous surprendre, mais nous n'avons rien trouvé.

L'espace d'un instant, la vision de Sifkovits se brouilla. Le vertige s'empara du commissaire tandis que la voix de Miksch paraissait venir de très loin. Il ne s'attendait certes pas à cela. En lançant un « bordel » sonore, il revint à la réalité.

— Pourquoi « bordel » ? s'enquit un Miksch étonné. C'est une bonne nouvelle, monsieur le commissaire.

— Comment ça ? Pourquoi c'est une bonne nouvelle ?

Sifkovits ne comprenait plus rien au monde.

Le médecin légiste lui fournit une explication :

— Eh bien, vous voyez, si l'Alois Stipsits était effectivement mort d'une intoxication de gaz de fermentation, on aurait retrouvé dans son sang une forte concentration de CO_2. Ce n'est pas le cas. Par conséquent : Alois Stipsits était déjà décédé quand il a été déposé dans la cave.

Sifkovits aperçut une lumière qui s'approchait au-dessus de sa tête. C'était celle qui venait de naître en lui.

— Maintenant, je vous comprends, docteur.

— Tout le plaisir est pour moi. Par contre, ce qu'on a décelé, ce sont des traces de médicaments pour le cœur, et en forte dose – mais il souffrait de problèmes cardiaques, donc rien d'anormal – ainsi que des traces de somnifères, et d'une substance que nous n'avons pas réussi à identifier. En conclusion, c'est sans doute ce cocktail – cette Trinité, si je puis me permettre – qui a provoqué l'arrêt cardiaque. Mais je ne peux pas vous le confirmer à 100 %. En outre, on a retrouvé dans ses intestins des restes de liquides : de l'eau, du Uhudler et de la sauce végétale accompagnant le goulasch. Visiblement, le défunt tolérait mal l'acide lactique.

— Je vois. C'est quoi, ça, déjà ? lâcha Sifkovits qui s'en fichait pas mal.

— Une intolérance au lactose. La sauce à la crème ne contenait pas de lactose, expliqua le médecin.

La lumière sur la tête de Sifkovits se remit à clignoter.

28

Le portail d'entrée était ouvert. Sifkovits conduisit sa Peugeot verte dans la cour intérieure de la famille Stipsits. La voiture s'arrêta avec des grincements de freins suraigus. Le goudron était jonché d'une foultitude de feuilles jaunes. Sous peu, le petit Jésus commencerait à préparer les biscuits de Noël. Le portail du garage était également relevé. Sifkovits s'avança sur le tapis de feuilles dorées. Il sonna à la porte d'entrée. Après quelques instants, Bettina Stipsits apparut.

— Bonjour, monsieur le commissaire. Quelle bonne surprise, fit la jeune femme sympathique.

— Hello, Bettina.

— Je vous en prie, entrez, dit Bettina en guidant le commissaire à travers le vestibule jusqu'au salon. Maman, cria-t-elle en direction de la salle de bains, le commissaire est là.

— Je suis désolé de vous importuner encore une fois, s'excusa Sifkovits.

Christa Stipsits sortit de la salle de bains.

— Vous ne nous importunez absolument pas, rétorqua-t-elle au commissaire.

— Bonjour, madame Stipsits.

Bettina ouvrit une porte de placard dans la cuisine.

— Vous avez de la chance, monsieur le commissaire, je viens de préparer un mélange de tisane à l'herbe à fromages pour vous.

— Je vous remercie, Bettina. Je ne dirais pas non à une boisson chaude. Il commence à faire légèrement froid dehors, à mon goût.

Sifkovits s'efforça d'entretenir encore un peu une conversation anodine. Sa visite avait cependant un motif bien différent. Le petit groupe s'installa dans le séjour. Mme Stipsits posa une assiette avec des sablés au beurre garnis de crème sur la table basse.

— Comment allez-vous, madame Stipsits ? s'enquit le commissaire auprès de la dame élégante.

— Pas trop mal au vu des circonstances. Ma fille et moi-même sommes contentes que l'enterrement soit derrière nous et que le papa puisse enfin reposer en paix. D'ailleurs, je voudrais vous remercier pour la belle prière d'intercession que vous avez lue pour mon époux.

— Je vous en prie, madame Stipsits. Puis-je prendre un sablé ? demanda Sifkovits.

Mme Stipsits sourit d'un air satisfait.

— Bien sûr, c'est fait pour ça. Je les ai confectionnés moi-même hier.

Le commissaire mordit avec délectation dans la bombe sucrée et calorique. Les sablés au beurre garnis de crème, comme leur nom l'indique, contiennent un ingrédient en dose excessive : le beurre. Ceux de Mme Stipsits étaient – selon l'opinion de Sifkovits, habitué à ceux de sa mère – comment dire... relativement légers. Sifkovits n'arrivait décidément pas à saisir pourquoi tant de gens suivaient cette mode consistant à édulcorer des plats riches et lourds pour les transformer en plats sains. Les frites devaient être cuites dans un bain d'huile, et non pas au four. Un œuf au plat ne nageant pas dans le beurre était aussi crédible que le président autrichien Alexander Van der Bellen roulant en Bugatti. Et l'on ne devrait pas préparer des crêpes avec de la farine d'amande dans une poêle antiadhésive, mais avec de la farine de blé et beaucoup de graisse. Il faut préciser qu'on entendait souvent à Stinatz des phrases comme : « Aujourd'hui, j'ai cuisiné sain : des quenelles d'œufs. » Un plat sans viande était synonyme de sain et du riz au bœuf était considéré comme un mets végétarien.

Sifkovits déglutit les pavés de margarine secs. Il était temps de mettre fin à la conversation de courtoisie.

— Madame Stipsits, j'ai hélas de mauvaises nouvelles pour vous, déclara-t-il.

Madame Stipsits fixa le commissaire en cillant d'un air sceptique.

— Beaucoup d'indices nous conduisent à penser que le décès de votre époux n'est pas dû à un accident, mais à un meurtre.

Voilà, c'était dit.

Mme Stipsits ne broncha pas. Elle avait l'air de douter vivement de ce qu'elle venait d'entendre.

— Que s'est-il passé avec papa ? intervint Bettina. Était-ce un crime ? Comme nous l'avions un jour envisagé ?

— Oui, malheureusement, Bettina. Nous avons de fortes présomptions. L'ensemble des preuves indique que c'est probablement la famille Popescu qui est responsable de la mort de votre père. Tous deux ont pris la fuite et sont actuellement recherchés.

Sifkovits saisit sa tisane.

Mme Stipsits brisa son silence stoïque.

— Nous n'aurions jamais dû leur faire confiance ! lâcha-t-elle. Bettina, je t'ai toujours dit que quelque chose ne me revenait pas avec l'Adrian.

— Maman, je t'en prie, ne t'énerve pas, répliqua Bettina, tentant de calmer sa mère. Et pourquoi donc les Popescu auraient-ils tué mon père ?

— Il y a plusieurs raisons, avança Sifkovits. Nous sommes presque certains que votre époux faisait l'objet d'un chantage par M. et Mme Popescu, qui s'appelaient en réalité Dalca et n'étaient pas un couple, mais une fratrie. Et ce que je vais vous dire maintenant va être très désagréable à entendre pour vous, mais c'est mon devoir en tant qu'officier de la police criminelle de vous informer des détails de l'enquête. La fratrie Dalca avait une autre sœur aînée, Valea. Il semblerait que votre mari ait eu une liaison avec cette Valea.

Mme Stipsits porta ses mains à son visage. Sa fille la prit dans ses bras.

— Et malheureusement, continua Sifkovits, il s'agissait dans ce cas d'une jeune fille mineure. Apparemment, votre père a fait sa connaissance lors d'un voyage de contrebande en Roumanie. Nous ne pouvons pas dire quel âge avait Valea lorsque votre père a commencé cette relation avec elle. Au cours de l'année 1988, Valea Dalca a disparu sans laisser de traces. L'investigation, jusqu'à présent, nous porte à soupçonner que Valea Dalca a été tuée à Burgauberg par Alois Stipsits. Le cadavre de la jeune fille a sans doute été enfoui quelque part ici, dans le terrain de cette propriété.

Sifkovits fit une courte pause.

— Je suis infiniment désolé pour vous, madame Stipsits. Et aussi pour vous, Bettina.

Christa Stipsits fondit en larmes.

Sifkovits songea au proverbe disant que la nature humaine est insondable. Presque tout le monde possède un cadavre dans le placard. Il avait connu tellement de parents tombant des nues, n'arrivant pas à croire que leur enfant avait tâté de la drogue. Les assassins les plus violents étaient souvent les voisins les plus sympathiques. Ou bien des individus menaient une double vie avec deux familles qui ne savaient rien l'une de l'autre. Bettina apporta un verre d'eau à sa mère. Celle-ci se calma progressivement.

— Madame Stipsits, aviez-vous la moindre idée de cela ?

Sifkovits connaissait déjà la réponse.

— Non. C'était quand ? demanda Christa.

— Milieu, fin des années 80, répondit le commissaire.

Mme Stipsits réfléchit pendant quelques instants.

— À cette époque, je m'occupais de ma mère malade. Bettina était encore toute petite, et ce n'était pas une enfant facile. Ma fille et moi-même étions absentes, la plupart du temps. Nous étions justement en train de faire construire cette maison, tout était un gigantesque chantier, nous avions des périodes financières de vaches maigres, on devait développer l'entreprise, je n'avais vraiment pas le temps d'observer les agissements de mon époux.

Sifkovits comprenait bien Mme Stipsits. On court constamment après l'existence parfaite et quand on finit par s'en approcher, les enfants sont déjà partis de la maison et on est à la retraite.

— Que va-t-il se passer maintenant, monsieur le commissaire ? s'enquit Bettina.

Sifkovits reprit un sablé au beurre. Par politesse.

— Ils sont très bons !

Mme Stipsits le remercia d'un hochement sec de tête et le commissaire sut qu'il devait maintenant en venir aux faits.

— Eh bien, les mesures suivantes : la semaine prochaine, je viendrai chez vous avec des collègues du prélèvement de traces et quelques chiens de recherche de cadavre pour inspecter votre terrain. Il y aura également une petite pelleteuse pour exhumer le cadavre de Valea Dalca si nous le localisons. Vous serez évidemment intégralement dédommagée pour les dégâts occasionnés sur votre propriété.

Mme Stipsits hocha la tête. Le désespoir envahit son visage. Que penseraient les gens ? « Si l'histoire s'ébruite, les gens nous éviteront », indiquait son expression.

— Maman, nous devons leur accorder notre autorisation, décréta Bettina. Si papa a effectivement commis un meurtre, cela doit absolument être élucidé.

Puis elle s'adressa à Sifkovits.

— Monsieur le commissaire, faites ce que vous avez à faire, nous ne vous mettrons pas de bâtons dans les roues.

Bettina jeta un coup d'œil à sa mère. Christa Stipsits donna également son assentiment.

— Merci beaucoup, répondit Sifkovits. Je suis sincèrement désolé de ne pas vous apporter de meilleures nouvelles.

Bettina l'assura qu'il ne faisait que son travail, et se montra totalement compréhensive et prête à collaborer.

— Madame Stipsits, vous avez néanmoins quelques jours devant vous. Nous commencerons seulement lundi. Peut-être avez-vous quelqu'un qui pourrait vous héberger à partir de la semaine prochaine, ou bien vous pourriez éventuellement séjourner à l'hôtel. J'estime que cela durera une semaine environ, et ce sera sans doute moins pénible pour vous de ne pas être ici pendant les fouilles.

Mme Stipsits approuva la suggestion du commissaire.

— Et que va-t-il se passer si vous ne trouvez pas cette jeune fille ici sur notre terrain ? s'enquit-elle.

— Alors cette mort restera non résolue, répliqua sèchement le commissaire.

— Faites le nécessaire, dit la femme élégante.

— Merci. Bien. Maintenant, je vous laisse en paix.

Sifkovits était déjà au seuil de la porte lorsqu'il se retourna encore une fois.

— Juste une dernière question…

Bettina hocha la tête.

— Vous avez sans doute entendu le vacarme effroyable que fait ma voiture. Je n'ai pas besoin de klaxonner, il me suffit de freiner. Pourrais-je la mettre rapidement sur votre fosse mécanique, afin de l'examiner par en-dessous ?

— Naturellement, répondit Christa.

— Merci beaucoup. Au revoir.

Sifkovits franchit le seuil pour de bon.

Il gara son véhicule au-dessus de la fosse mécanique et descendit les escaliers. En bas, il ne pouvait pas se tenir droit. Il étudia le dessous de caisse de sa Peugeot.

— Mais si… mais si. Je m'y connais ! marmonna-t-il dans sa barbe.

29

Quand je regarde la nature, je suis optimiste. Quand je regarde les humains, je suis pessimiste. Je suis déjà au-delà. Mon corps est encore dans la réalité, ici, dans ce garage, mais mon esprit dérive depuis longtemps dans le refuge protecteur de l'avenir.

Personne ne me trouvera. Personne ne la trouvera. La vérité est là, devant moi, pendant que d'autres la cherchent aux mauvais endroits. La terre est patiente. Je construis un socle solide pour couvrir les mensonges de mon acte.

Autour de moi s'accumulent des nuages de poussière de plus en plus épais. J'ai déjà libéré la moitié de la surface. Cela me demande beaucoup de force. Je sens le sel et le béton sur mes lèvres. Il faut juste effacer ce détail puis je pourrai fermer. M'ouvrir à nouveau, me réjouir que le soleil se lève, ressentir ce désir du matin qui s'éveille. Quelque chose que je pensais avoir oublié depuis longtemps et qui était en chemin pour voler vers moi.

Je m'accrocherai aux ailes tendues et m'élèverai dans les airs. Bientôt, vous tous ne serez plus que de minuscules points dans le paysage. Des nains insignifiants, aussi coupables que moi. Non, ce n'est pas ce que vous croyez. C'est même tout le contraire. Je vais vivre.

Je sors en rampant de ma cloche à fromages et vomis votre médiocrité à vos pieds. Car vous ignorez que le contraire de l'amour n'est pas la haine, mais la peur.

Toute cette poussière me fait tousser. Pendant un instant, je pose le lourd outil sur le côté. Lentement, j'aspire l'air du passé dans mes poumons. J'estime qu'il va me falloir encore cinq heures. Dieu merci, je ne suis pas seule. Ma mère est également dans le garage et elle m'aide. Quelqu'un actionne soudain l'interrupteur. C'est le jeteur de pierre tant attendu, qui va enfin porter la vérité à la lumière.

30

— Monsieur le commissaire !

Christa et Bettina Stipsits aperçurent le visage du commissaire général Sifkovits, qui se tenait devant elles dans le garage.

— Bonjour, madame Stipsits. Hello, Bettina, répondit-il.

À ses pieds gisait la chape à moitié démolie de la fosse mécanique. En dessous se détachaient, au milieu du béton, quelques fragments osseux. Les deux femmes posèrent leurs outils sur le côté et remontèrent de la tombe camouflée en fosse mécanique.

— Valea Dalca, je suppose.

— J'ai honte, monsieur le commissaire, souffla Christa Stipsits.

Il hocha brièvement la tête.

— Depuis le début, j'étais certain que vous aviez quelque chose à voir avec ça, madame Stipsits.

— Pourquoi ? s'enquit Christa Stipsits.

— Les dégâts de la grêle sur la voiture de votre défunt mari. Je n'arrivais décidément pas à me l'expliquer. Pourquoi un homme conduirait-il jusqu'à sa cave sans mettre son précieux véhicule à l'abri de la grêle ? Pendant longtemps, je me suis dit qu'il avait peut-être passé son coup de fil peu avant 21 heures d'un autre endroit. Chez Priela, il aurait été à l'abri de la grêle, mais il n'y était pas. Chez la fratrie Dalca, il n'aurait pas été protégé de la grêle, mais il n'y était pas non plus. Il n'était nulle part, car il n'était déjà plus en vie au moment où vous avez mis en scène l'appel téléphonique. Cela, j'en ai eu confirmation par sa ceinture. Je me suis rendu à la morgue de Stegersbach et j'ai examiné les vêtements de votre mari. Là, j'ai remarqué sa ceinture, ou plus précisément : la façon dont elle était enfilée dans les passants de son pantalon. Regardez.

Sifkovits démontra sa découverte avec sa propre ceinture.

— Un droitier insère spontanément sa ceinture vers la hanche gauche de son point de vue, si bien que la boucle de la ceinture est orientée à gauche. Mais si un corps est allongé au sol devant un droitier, celui-ci l'enfile également d'instinct sur la gauche. Cependant, lorsque ce corps est redressé, cela en change la direction de sorte que le ceinturon se retrouve enfilé sur la hanche droite et la boucle, orientée à droite.

« Cela pourrait coller si le porteur de la ceinture est un gaucher, mais Bettina m'a confirmé après la messe que votre époux ne l'était pas. Markus Priela l'est. Avec lui, la direction de la ceinture aurait pu correspondre s'il l'avait ajustée sur un corps sans vie. Ce qui aurait signifié que les vêtements de votre époux auraient été enfilés seulement après sa mort. Or, ni M. Priela ni le frère et la sœur Dalca n'y avaient accès. La dernière preuve m'a été fournie par votre maladie, madame Stipsits. On a trouvé dans l'organisme de votre mari quelques substances qui ont probablement provoqué le décès. Vous pouviez sans doute vous les procurer facilement de la pharmacie où vous travaillez, Bettina. M. Stipsits a mangé avant sa mort un goulasch avec une sauce à la crème sans lactose.

« Et finalement cette fosse mécanique. Depuis le début, cette fosse constituait pour moi un vrai casse-tête. Le niveau du sol est trop haut. Votre époux non plus ne pouvait pas se tenir droit quand il voulait examiner le dessous de caisse de son véhicule. Et si l'on s'allonge par terre, la distance jusqu'au dessous de caisse est trop grande. Cette fosse ne sert à rien. Valea Dalca a disparu en 1988, à l'époque où votre maison était en chantier… Je pense que vous savez où je veux en venir. Le mieux pour cacher un cadavre est de le mettre là où personne n'aura l'idée de le chercher. Directement sous les yeux de l'enquêteur. C'est l'arbre qui cache la forêt. Personne en dehors de vous et votre mari ne savait que les ossements de Valea s'y trouvaient. Je suppose que vous avez découvert son secret seulement récemment. S'il a avoué, la vengeance pourrait constituer le motif. En outre, votre époux avait contracté une assurance-vie confortable qui ne serait versée qu'en cas d'accident.

Mme Stipsits baissa la tête.

— J'ai compris seulement récemment ce que mon mari avait trafiqué dans le passé. Depuis que cette famille roumaine s'est installée ici, il avait changé. Il était irritable, nerveux, fébrile, prenait des somnifères et buvait de plus en plus. Cela m'inquiétait et je suis devenue méfiante. J'ai commencé à farfouiller et je suis tombée sur certaines choses. Ici, dans le garage, j'ai découvert, sous une dalle non scellée, un article d'un journal roumain. Il montrait la photo d'une jeune fille. À l'aide du traducteur de Google, j'ai réussi à comprendre que cette jeune fille était portée disparue. Puis j'ai trouvé des photos de mon mari avec cette jeune fille. Je l'ai confronté sur ce sujet. Il a nié. Ce porc n'a même pas eu la décence de me dire la vérité. Pendant que je m'occupais de ma mère malade, il se faisait masser par cette pauvre gamine…

— Et à partir de là, monsieur le commissaire, intervint Bettina Stipsits, je suis sortie de ma torpeur. C'était mon idée, de tuer mon père. Une explosion volcanique s'est produite en moi. Toutes les humiliations subies sont ressorties au grand jour. Ces fantômes qui me torturaient intérieurement ont enfin appris à voler. Mes souvenirs ont resurgi. Bien que je me sois efforcée d'oublier pendant toutes ces années, comme si rien ne s'était passé. Comme si c'était un cauchemar dont je ne m'étais jamais réveillée.

« Mon père ne s'est pas seulement attaqué à Valea Dalca, mais aussi à moi. Vous ne pouvez pas vous imaginer l'angoisse que j'ai vécue, toutes les nuits. J'avais constamment l'impression que quelqu'un enroulait un serpent autour de ma gorge. J'ai souvent pensé à mettre fin à mes jours. Cette peur panique : quand va-t-il venir, sentira-t-il la vinasse, frottera-t-il son corps transpirant contre le mien ? Lorsqu'il prenait ma main et la portait à son membre, je tombais dans un trou profond et subissais sans réagir. Ensuite, je vomissais et extirpais le poison de mon corps. Depuis lors, cette saloperie reste collée dans ma tête. Aujourd'hui encore. J'ai la chair de poule dans le cerveau, et je suis un ange aux ailes brisées. Il n'existe pas de guérison.

« Puis, il a cessé, du jour au lendemain, j'étais probablement devenue trop grande pour lui. Pendant toutes ces années, je n'en ai parlé à personne car j'avais honte, je me sentais sale. Depuis, j'ai une relation malsaine avec les hommes et je ne suis jamais restée longtemps avec quelqu'un.

« J'ai ce truc collant dans la bouche. Une bouche qui a dû supporter des trucs dégueulasses. Quand les choses avec Valea ont commencé à émerger, toutes les vannes ont lâché. Je lui ai fait croire que je lui avais pardonné, que nous irions trouver la police et que nous allions nous serrer les coudes comme une famille unie. Il a été tellement bête !

« Alors, ce jour-là, ma mère a cuisiné un goulasch en sauce pour la truie. J'ai rajouté des substances dedans. J'avais le sentiment que c'était le fruit de sa propre éjaculation, qui allait l'étouffer et l'achever. Cette brute a encore eu droit à sa dernière cène. Je n'oublierai jamais la façon dont il se régalait tandis qu'il engloutissait les morceaux de viande dans son corps obscène. Et la graisse qui dégoulinait sur son menton. Et puis, ç'a été fini ! Peu avant minuit, nous l'avons amené dans la cave et nous avons désactivé le ventilateur. Je suis coupable, monsieur le commissaire. Je coopérerai avec la justice, mais vous ne pouvez pas escompter de remords de ma part.

Bettina Stipsits se laissa glisser par terre. Elle appuya son dos contre le mur du garage, les yeux fixant le vide devant elle. D'une manière singulière, elle paraissait libérée.

— Devons-nous vous suivre, monsieur le commissaire ? s'enquit Christa Stipsits.

— Bientôt, répliqua le commissaire. Cela vous semblera peut-être bizarre, mais avant cela, j'aimerais bien partager un verre de Uhudler avec vous.

Christa et Bettina Stipsits sourirent.

31

Quelques jours plus tard, Roman Fabsits ouvrit la porte de son petit appartement au commissaire Sifkovits. Celui-ci n'en croyait pas ses yeux. Le studio était rangé et astiqué comme un sou neuf. Roman Fabsits portait un costume gris immaculé. Il s'était fait couper les cheveux et s'était rasé.

— Monsieur Fabsits, que s'est-il passé ? Avez-vous une femme de ménage ? s'enquit le commissaire, médusé.

— Non, monsieur le commissaire. J'ai fait ça tout seul. Ça m'a quand même pris trois jours, bien que mon appartement ne fasse que 33 m². Je voulais de toute façon appeler les encombrants car certains déchets que j'ai trouvés dans ma cuisine sont probablement considérés comme des ordures spéciales.

Sifkovits se montra plus qu'impressionné. Visiblement, quelqu'un avait sérieusement redressé la barre.

— Pourquoi êtes-vous habillé ainsi ? poursuivit-il.

— J'ai retrouvé un travail. Vous ne pouvez pas vous imaginer combien j'en suis heureux.

Sur le visage de Roman Fabsits, on pouvait voir qu'il se réjouissait sincèrement.

— Où donc ?

La réponse surprit quelque peu le commissaire.

— Chez Priela. Il avait besoin immédiatement d'un homme de confiance avec de l'expérience…

— Eh bien, vous êtes parfait pour ce poste ! répliqua Sifkovits sans hésiter.

Cette déclaration du commissaire toucha Fabsits.

— Je vous remercie ! Je vais renoncer aux beuveries. Les mousquetaires, je ne les verrai plus qu'à la télé dorénavant. Il me reste encore quelques années avant la retraite et j'aimerais en profiter au mieux. 'Savez, hein ? Pas à pas. D'abord l'appartement, ensuite le travail et qui sait, peut-être qu'après, je trouverai une femme… Et pourquoi êtes-vous venu me voir, monsieur le commissaire ?

— Je voulais encore vous remercier pour votre aide, et de m'avoir accompagné jusqu'en Roumanie.

Sifkovits lui tendit la main.

— Pas de quoi, monsieur le commissaire. N'hésitez pas si vous avez besoin, à l'avenir, déclara-t-il.

— Portez-vous bien. Et je vous souhaite tout le succès avec votre nouveau travail.

La porte d'entrée était déjà ouverte lorsque le commissaire se retourna encore une fois.

— Ah, une dernière chose, monsieur Fabsits : vous ronflez. Comme vous avez parlé d'une femme à l'instant. Pour que vous soyez au courant. À la r'voyure !

Puis il disparut dans la cage d'escalier.

*

Sifkovits gara sa Peugeot 206 verte avec des crissements de freins épouvantables devant l'auberge Stinatzerhof. C'était un jour spécial car Katrin, la cheffe de l'auberge, cuisinait du « Berlusconi ». Il ne s'agissait nullement, en l'occurrence, de la consommation cannibale d'un politicien mais d'un plat dont on raffolait à Stinatz.

Au départ, Berlusconi était seulement composé de pain noir garni de fromage grillé au four. Au fil du temps s'étaient rajoutés quelques ingrédients : des oignons, de la charcuterie de l'auberge, des poivrons épicés et de l'ail. Il existe beaucoup de légendes expliquant l'origine du nom de Berlusconi. C'est probablement lié au fait que le plat, les années passant, est devenu de plus en plus piquant, comme le politicien italien aguerri.

Katrin, la cheffe du Stinatzerhof, préparait ce mets d'une manière si succulente que même les cuisinières établies de longue date à Stinatz ne pouvaient rivaliser. Berlusconi ne figurait pas au menu et n'était donc commandé que par les initiés locaux. Désormais, néanmoins, quelques étrangers venaient spécialement à Stinatz pour manger du Berlusconi.

Sifkovits pénétra dans la taverne qui évoquait les années 1980. Un long comptoir, face à des tables toutes simples et des bancs recouverts de tissus à motif. Les motifs étaient déjà passés de mode dans les années 1960. Au mur était accroché un grand poster avec le vieil aubergiste en compagnie du jeune chanteur populaire Ostbahn-Kurti. Dans la salle qui s'étendait à gauche des bancs se dressait un vieux jukebox Wurlitzer. Il proposait seulement deux genres de musique : les Stones et des tubes allemands ou autrichiens. Aujourd'hui était le jour des tubes.

Quelqu'un avait sélectionné le hit de Roy Black : *Rêvé*.

Rêvé.
N'avons-nous fait que rêver de tout cela ?
Cette lueur à l'horizon.
N'avions-nous pas l'intention de voir Atlantis ?
Et le courage de sombrer avec Atlantis ?
N'avons-nous fait que rêver de tout cela ?

Maikits avait déjà pris place à la table hebdomadaire des habitués.

— Salut, Schiffi. Assieds-toi ici, l'accueillit l'épicier avec effusion avant de se retourner immédiatement vers l'aubergiste.

— Katrin, cria-t-il. Deux grands apéros à la pêche. Je ne sais pas ce que prend le Schiffi.

— Il voudra sans doute juste de l'eau chaude, répondit Katrin.

Le commissaire acquiesça. Peu après, Sifkovits avait de l'eau fumante posée sur la table devant lui. Il tira de sa poche un bidule rond en métal dont pendait une chaînette. Maikits lança avec irritation :

— C'est quoi ? Une montre à gousset sans aiguille ?

— Non, Franz. C'est une boule à thé. Je l'ai reçu récemment en cadeau de quelqu'un. Avec une préparation maison de tisane à l'herbe à fromages. Malheureusement, je n'aurai plus accès à ce thé en vrac pendant longtemps. Selon moi, en cas de bonne conduite, douze ans environ. C'est pour ça que j'ai envie de le déguster maintenant.

— D'accord, comme tu veux. C'est ton estomac. Le mien est trop fragile pour un truc aussi nocif, dit Maikits.

Après quoi, il vida son premier Spritzer à la pêche cul sec.

— Alors, quoi de neuf ? Tu vas rester un peu à Stinatz ? Tu es encore en vacances ?

Maikits saisit son deuxième verre.

— Non. Je rentre à la maison demain.

— Mais c'est ici, ta maison, décréta fermement Maikits.

— Bon, ouais, mais demain, la Carina revient du Kenya, expliqua Sifkovits. Et puis, je dois apporter ma voiture chez Wagner. Elle fait un bruit franchement inquiétant.

— Ah bon, ta femme revient à la maison de ces médecins sans limites…

— Oui, c'est presque ça.

Le commissaire ne corrigea pas l'erreur de Maikits.

Baba Sifkovits pénétra dans l'auberge.

— Salut tout le monde. Vous avez déjà commandé le Berlusconi ? s'enquit-elle auprès des deux hommes.

— Baba, ça fait un bail que j'ai passé commande, répliqua l'épicier.

Baba s'affala sur le banc.

— Bon Dieu, Spatzl, ce que tu vois comme trucs dans ton métier. Le vieux Stipsits était un sacré porc, n'est-ce pas ? Il y a deux autres femmes qui se sont manifestées et ont dit qu'il les avait harcelées.

— C'est vrai ?

Maikits commanda un nouveau Spritzer.

— Puisque je te le dis. Une d'Allhau et l'autre de Saint-Madgalena, en Styrie. Il avait étendu son périmètre jusque-là. Dieu merci, les femmes sont courageuses et osent enfin en parler. Il faut toujours qu'il se passe d'abord quelque chose pour qu'on finisse par nous croire. C'est bien triste.

Sifkovits comprenait totalement sa mère. Au cours d'autres affaires, il avait pu constater que beaucoup de femmes devaient se battre bec et ongles pour être entendues.

— J'ai hâte de goûter le Berlusconi d'aujourd'hui, ajouta Baba, changeant de sujet. Parfois, la Katrin met un tout petit peu trop d'oignons.

— Maman, on pourrait t'accuser de manquer de fair-play si tu juges la cuisine de quelqu'un d'autre.

Baba savait que son fils avait raison et s'abstint de commenter.

— Spatzl, combien de temps vas-tu rester parmi nous ?

— Il s'en va demain, car la Carina revient, répliqua Maikits à la place de son ami de toujours.

— Ah, elle rentre enfin du Congo.

— Du Kenya, maman !

— Bah, c'est du pareil au même. Dommage que tu doives partir. La semaine prochaine, le Priela fait l'inauguration de sa nouvelle cave à vin. Quoique… elle n'est pas si nouvelle que ça. C'est grâce à toi, glissa Baba à son fils.

— En fait, c'est grâce à toi, maman. Sans toi, on n'aurait jamais découvert que le certificat avait été falsifié. Par conséquent, je vais aller parler au Priela. À l'avenir et à vie, minimum 3 % sur la vente de chaque produit.

Les deux hommes s'esclaffèrent de la plaisanterie.

— Arrêtez de vous foutre de moi.

David Grandits entra dans l'auberge.

— Dieu et moi vous saluons, lança le curé. Vous avez déjà commandé le Berlusconi ?

— Ça fait un moment ! répliqua Baba.

David avait l'air harassé et découragé.

— Ah, bon sang. La semaine prochaine, j'ai un mariage à Ollersdorf et le jeune couple me rend dingue. Je reviens de la réunion de préparation à l'hymen avec ces deux-là. Je trouve que c'est un contresens total. Pourquoi devrais-je, moi, en tant que curé, préparer des gens au mariage et leur dire comment se comporter dans un ménage ? Je n'en ai pas la moindre idée. Si je veux me faire construire une maison, je ne m'adresserai pas à un boucher.

Hilda Resetarits pénétra dans l'auberge, survoltée.

— Salut, la compagnie. Avez-vous déjà…

Tous répliquèrent en chœur :

— Oui, on a déjà commandé.

Elle s'assit avec ses amis.

— Je vais vous dire un truc : j'ai été à la banque Austria, à la Sparkasse, à la banque Uno, bah, j'ai même pas essayé la banque Burgenland puisque, de toute façon, tu reçois zéro intérêt. Au final, 'suis restée à la Raika et j'ai investi mon argent dans des titres papiers-valeurs. Je recevrai au moins autant de pourcentage que dans un panaché.

Tout le monde autour de la table s'accorda sur le fait que Christian Zimmermann faisait son maximum pour l'épargne de ses clients. Même si Mme Resetarits n'en démordait pas, les paroles de ses amis lui procurèrent une certaine sérénité.

Lisa, la sœur de Sifkovits, entra. Avant qu'elle ne puisse ouvrir la bouche, le chœur entonna à nouveau son refrain : « Oui, on a déjà commandé. »

Lorsque Lisa eut pris place à la table, son frère eut une idée.

— Lisa, pourrais-tu me rendre un service ? glissa-t-il d'un ton légèrement hésitant.

— Ça dépend de ce que c'est.

— Pourrais-tu aller dîner ou déjeuner avec le Jauntschi ?

Sifkovits redoutait la réponse de sa sœur.

— Quoi ? Avec le Jauntschi ?

Lisa n'en croyait pas ses oreilles.

— Cela lui ferait tellement plaisir, et je lui ai promis que je t'en parlerais.

Il s'abstint d'évoquer la déclaration du fossoyeur concernant ses qualités au lit.

— Écoute, Schiffi. L'autre jour, devant l'église, tu étais déjà très étrange, mais je commence à me demander si tu prends pas quelque chose.

— S'il te plaît, Lisa ! la supplia le commissaire.

Sa sœur réfléchit brièvement à cette proposition. Puis elle eut une idée.

— Écoute-moi, frérot. Si je vais dîner avec un fossoyeur, tu devras également me rendre un service.

Sifkovits était piégé.

— Tout ce que tu voudras, déclara-t-il avec détermination.

— La semaine prochaine, tu iras à la pêche avec le Hannes. Bizarrement, tout le monde s'est à nouveau désisté et je trouve ça barbant au plus haut point d'être assise avec mon mari au bord d'un lac sans échanger un mot. Ça, je l'ai déjà à la maison.

Sifkovits donna son assentiment pour l'aventure de la pêche.

— Et au fait, où est la Resl ? s'enquit Baba.

— Elle vient pas, répondit Mme Resetarits.

— Pourquoi ? interrogea Maikits.

— Elle a vu un truc à la télé sur un soi-disant nouveau virus venant de Chine. Et maintenant, elle a la trouille, expliqua Mme Resetarits à la tablée.

— Eh ben ! Ce sera la même connerie que pour la grippe porcine. Avant que ça arrive jusqu'à chez nous, on sera enterrés depuis belle lurette, assura Barbara Sifkovits.

Enfin, on servit le Berlusconi. Le groupe s'attaqua avec entrain aux délicieuses bruschettas. L'espace d'un instant, le monde sembla être en ordre. Toute pensée sombre avait été bannie sur-le-champ de l'auberge Stinatzerhof.

Après le repas, le commissaire avait l'intention de conduire jusqu'au garage de Wagner. Sa Peugeot devait passer par l'unité de soins intensifs.

— Attends une minute, Spatzl, avant de partir. J'ai reçu une carte postale pour toi.

Baba lui tendit une carte avec un cliché du Golden Gate Bridge de San Francisco.

Le commissaire retourna la carte et lut au verso :

Cher monsieur le commissaire,
Veuillez nous excuser, mais nous n'avions pas le choix. Nous avons utilisé l'argent de notre connaissance mutuelle en dédommagement pour notre voyage. V. l'aurait voulu ainsi.
J'espère que nous ne nous reverrons plus jamais.
Portez-vous bien.
T + E.

Curieuse, sa mère lui demanda qui lui avait envoyé la carte. Sifkovits répondit qu'il s'agissait d'une connaissance de son épouse. Peu avant qu'il ne franchisse le seuil de l'auberge, sa mère cria dans son dos :

— Spatzl. Au fait, qu'y avait-il écrit sur le papier que l'Adrian ou l'Eugen t'a laissé avant de t'assommer ?

— *Uhudler. Sve do smrti.*

*

Dehors, Sifkovits aspira encore à pleins poumons une grande bouffée d'air de Stinatz. Puis il déchira la carte postale et la jeta dans une poubelle.

Recette Berlusconi de Katrin

Ingrédients (pour 4 personnes)

- 4 tranches de pain noir
- 1 oignon
- 200 grammes de jambon de l'auberge Stinatzerhof (Si vous ne pouvez pas faire autrement, prenez du jambon d'un autre charcutier.)
- 1 poivron fort
- 1 poivron doux
- 4 tranches de gouda
- Ail

Émincer l'oignon et en garnir le pain.

Ensuite, découper le jambon et le répartir sur les tranches. Répartir ensuite le poivron coupé en petits morceaux. Ajouter de l'ail frais selon le goût (pas en poudre !).

Pour finir, recouvrir de fromage. On peut également le râper ou le couper en petits morceaux et en parsemer les tranches.

Faire gratiner au four préchauffé ou à la table de cuisson à 180 °C pendant environ 10 à 15 minutes.

Un verre d'Uhudler est idéal pour accompagner le Berlusconi.

Remerciements

À Brigit et à Marina de la maison d'édition Ueberreuter pour leur encadrement parfait. Sans vous, ce livre n'aurait jamais vu le jour.

Merci à M. Halm de la Kripo et au docteur Reiter de la médecine légale pour leurs conseils avisés, à M. Prieler du domaine viticole Prieler pour ses précieuses informations sur le vin et à Anton Toth de la brasserie à Heiligenbrunn, chez qui les photos ont été prises.

Un grand merci également à Lieselotte, Emil, Katharina, Angelika, Thomas, Geli, Anna, Christian, Julia, Diethmar, Katharina, Franzi, Klaus, Simon, Clara, Blacky, E&A, Andreas, Manuel, Maria, Markus et le gang du lac au complet, à la population de Stinatz, à ma grand-mère et bien sûr à tous ceux qui ont acheté ce livre.

Johann et Hugo : je sais que vous êtes au courant de ce qui se passe là-haut.

Bien à vous,

Thomas

Trois questions à Thomas Stipsits

Quelle relation entretiens-tu avec le Uhudler ?

Thomas Stipsits : Quand on a des racines à Stinatz comme moi, on entre relativement tôt en contact avec le Uhudler. D'abord, on en entend parler ; plus tard, on en boit ☺.

Mon papi produisait son propre Uhudler. Nous avions un vieux pressoir hérité de notre arrière-arrière-grand-père. Quand j'étais gosse, c'était toute une aventure pour moi. Je n'oublierai jamais le goût du jus de raisin qui vient d'être pressé, ni la diarrhée qui a suivi.

Mon papi était très fier de son Uhudler, qu'il produisait seulement pour sa consommation personnelle. Maintenant, si vous voulez savoir quel goût il avait, je vous dirai : il était fort et aigre.

Pourquoi l'épouse de Sifkovits est-elle toujours absente ?

Thomas Stipsits : Comme je suis personnellement un grand fan de la série Columbo, j'ai délibérément donné à mon commissaire quelques traits de l'enquêteur chiffonné d'Amérique. Entre autres, on ne fait jamais la connaissance de sa femme. De plus, Carina Sifkovits mène une mission importante au Kenya. Qui sait… Peut-être que dans un prochain livre, elle rentrera prématurément à la maison.

Aimes-tu boire de la tisane à l'herbe à fromages ?

Thomas Stipsits : Non.

Retrouvez-nous sur les réseaux sociaux :

City Editions

www.city-editions.com
@cityeditions
www.facebook.com/cityeditions/
@CityEditions
@cityeditions

Achevé d'imprimer en septembre 2024
sur les presses de la Nouvelle Imprimerie Laballery
58500 Clamecy
Numéro d'impression : 409177

Imprimé en France

La Nouvelle Imprimerie Laballery est titulaire de la marque Imprim'Vert®